PRISE PAR SES PARTENAIRES

PROGRAMME DES ÉPOUSES
INTERSTELLAIRES : TOME 5

GRACE GOODWIN

Prise par ses partenaires

Copyright © 2017 by Grace Goodwin

Tous Droits Réservés. Aucune partie de ce livre ne peut être reproduite ou transmise sous quelque forme ou par quelque moyen que ce soit, électronique ou mécanique, y compris photocopie, enregistrement, tout autre système de stockage et de récupération de données sans permission écrite expresse de l'auteur.

Publié par Grace Goodwin as KSA Publishing Consultants, Inc.
Goodwin, Grace

Prise par ses partenaires

Dessin de couverture 2020 par KSA Publishing Consultants, Inc.
Images/Photo Credit: Deposit Photos: amoklv, sdecoret

Note de l'éditeur :
Ce livre s'adresse à un *public adulte*. Les fessées et toutes autres activités sexuelles citées dans cet ouvrage relèvent de la fiction et sont destinées à un public adulte. Elles ne sont ni cautionnées ni encouragées par l'auteur ou l'éditeur.

BULLETIN FRANÇAISE

REJOIGNEZ MA LISTE DE CONTACTS POUR ÊTRE DANS LES PREMIERS A CONNAÎTRE LES NOUVELLES SORTIES, OBTENIR DES TARIFS PREFERENTIELS ET DES EXTRAITS

Cliquez ici

AU SUJET DE PRISE PAR SES PARTENAIRES

Après avoir été accusée et inculpée d'un crime qu'elle n'a pas commis, Jessica adhère volontairement au Programme des Epouses Interstellaires afin d'éviter une longue peine de prison. Elle est destinée à un prince - l'héritier du trône de la puissante planète Prillon - son avenir devient plus qu'incertain lorsqu'elle se voit rejetée par le souverain de la planète.

Son propre père menaçant de le bannir et lui refusant le droit d'avoir une partenaire, le Prince Nial va prendre les choses en main. Accompagné d'un valeureux guerrier engagé à ses côtés en tant que second, il fait route vers la Terre afin de réclamer son dû, il se rend rapidement compte - une fois sur place - que les ennemis terrifiants qui l'ont jadis fait prisonnier traquent sa partenaire.

Convaincue d'avoir été rejetée par un partenaire qu'elle n'a jamais rencontré, Jessica est mortifiée ; elle se consacre à la dangereuse tâche d'anéantir les personnes lui ayant joué ce sale tour. Mais tout son univers est bouleversé lorsque deux immenses et séduisants extraterrestres lui sauvent la vie et lui apprennent qu'elle est leur partenaire, ils sont venus sur Terre pour réclamer leur dû.

Jessica est loin de vouloir se soumettre, elle va vite apprendre à ses dépens que ses nouveaux partenaires exigent respect et obéissance, tout manquement sera puni d'une fessée déculottée. Se faire traiter de la sorte la met hors d'elle, elle ne peut toutefois réprimer son excitation tandis qu'elle se retrouve nue face à des guerriers féroces et dominateurs. Le Prince Nial est contraint de défendre son droit d'aîné, Jessica fera-t-elle son possible pour l'aider, acceptera-t-elle que le monde entier assiste à son accouplement avec ses partenaires ?

1

Jessica Smith, Centre de Recrutement des Epouses Interstellaires, Terre

L'ODEUR mystérieuse et musquée du corps de mon amant envahit mes sens tandis que j'enfouis mon visage dans son cou. J'ai les yeux bandés mais je le reconnais. Nul besoin de le voir pour savoir que c'est lui. Je reconnais sa peau. Je reconnais ses cheveux blonds soyeux sous mes doigts et sa grosse bite qui me dilate et me baise vigoureusement. Je reconnais ses bras musclés qui me soulèvent et m'empalent sur lui, je vais hurler lorsqu'il me donnera la permission de jouir.

J'enroule mes jambes autour de ses hanches et rejette ma tête en arrière tandis qu'il me pénètre à fond. C'est un vrai guerrier, grand et fort, et j'aime ça.

J'effectue des mouvements de va-et-vient sur son membre raidi. Je sens d'autres mains, mon second partenaire me touche doucement, il caresse le collier autour de mon cou. Je reconnais ses mains, il peut être tendre et doux, mais également inébranlable et exigeant.

Je sais qu'ils aiment bien voir mon sexe béant et mon cul nu. Son désir germe dans mon esprit via le lien mental créé par le collier. Mon premier partenaire me pénètre profondément, cette moiteur chaude me rend folle de désir. Les muscles de mon vagin l'enserrent, son désir se fait plus présent à en juger par ses coups de boutoir bestiaux.

Je ressens leurs émotions et leurs désirs physiques ; la connexion générée par les colliers que nous portons tous les trois est intense et totalement spontanée. Le mensonge n'a pas sa place, tout comme la frustration, les besoins ou les envies. Tout n'est que vérité, amour et plaisir. Beaucoup de plaisir.

« Tu acceptes que je te pénètre, partenaire ? Te livres-tu librement à moi et à mon second ou souhaites-tu choisir un autre partenaire principal ? »

La voix grave exige une réponse, je frémis, mon vagin se contracte brutalement sur sa bite. Il pousse un grognement de plaisir et je me mords la lèvre pour réprimer un sourire de contentement. Mon premier partenaire a le droit de pénétrer mon vagin jusqu'à ce que je tombe enceinte, qu'en est-il de mon second partenaire ? Il attend, il attend patiemment que mon corps soit prêt pour une pénétration simultanée par mes deux partenaires.

Apparemment, mon second partenaire n'a pas envie d'attendre la réponse, il embrasse mes omoplates, caresse mes fesses, s'aventure dangereusement près de cet orifice qu'il aimerait tant sodomiser. Son autre main s'enroule doucement autour de ma nuque, je suis sans défense, totalement à leur merci. « Tu as envie qu'on te baise tous les deux mon amour ? Ou pas ? »

Mon vagin se contracte à nouveau et mon premier partenaire pousse un juron, il m'empale d'un air déterminé sur son sexe, j'en meurs d'envie.

« Oui. J'accepte votre accouplement, mes guerriers. » Je prononce cette phrase solennelle en soupirant et ondule des hanches afin de frotter mon clitoris sur le corps de mon premier partenaire, tout en offrant mon cul au second. « J'ai envie de vous deux. Sachez-le. »

Je crache ces mots qui ne sont pas les miens. Je ne maîtrise pas les sensations de cette femme qui m'habite, je ne peux que regarder, écouter … *et ressentir.*

Mon partenaire se raidit sous moi et je gémis en sentant qu'il stoppe net ses coups de boutoir dans mon sexe languissant. « Je te pénètre selon le rituel du nom. Tu es mienne, je tuerai tout guerrier qui osera te toucher. »

Je me fiche complètement qu'il tue quelqu'un, j'ai juste envie de lui appartenir pour toujours.

Mon second partenaire continue d'embrasser mon dos, ses mots ne sont dictés par aucun rituel, c'est à moi qu'ils s'adressent. À moi et à moi seule.

« Tu m'appartiens, partenaire. Je tuerai tout guerrier qui osera te *regarder*. » Ceci étant dit, il introduit doucement son doigt enduit d'huile dans mon anus et je pousse un hurlement. Je sens que ça va aller vite, notre passion est trop torride pour attendre.

J'ai envie qu'ils me baisent, j'ai envie de sentir leur sperme. Je veux me retrouver seule et totalement nue dans nos appartements avec mes partenaires. J'ai envie de prendre le temps avec eux. J'ai envie de me frotter contre leurs corps, les baiser, les goûter et les découvrir jusqu'à ce que nos odeurs ne fassent qu'une, jusqu'à ce que mon corps soit trop douloureux pour continuer nos ébats.

Je reviens à moi un bref instant, je m'aperçois que nous ne sommes pas seuls dans la pièce. Une douce mélodie scandée par des voix masculines s'insinue dans mon esprit. J'étais si concentrée sur mes partenaires que je les ai jusqu'à présent complètement ignorés, leurs voix mêlées emplissent la chambre, ils parlent à l'unisson.

« Que les Dieux vous soient témoins et vous protègent. »

Mon second partenaire retire son doigt de mon anus, sa bite au gland dilaté se fraye un passage dans mon orifice vierge, j'oublie complètement les autres. Il me pénètre et m'écartèle… en grand… à fond… encore plus, leurs deux bites me pénètrent, ils me baisent complètement.

« Mademoiselle Smith. »

Non, il ne s'agit pas de mes partenaires. Je balaie mentalement cette voix dans ma tête.

« Mademoiselle Smith. »

Encore cette voix. Une voix féminine et sévère.

« Jessica Smith ! »

Je sursaute, je suis concentrée sur les deux hommes qui m'entourent pour… non, aucun homme ne m'entoure. Je me trouve dans la salle de recrutement. Aucune bite dans le cul ou le vagin. Aucun homme ne m'entoure. Je ne peux ressentir leur chaleur ou respirer leur puissante odeur. Mon cou ne porte pas de collier.

J'ouvre et cligne des yeux. Une fois, deux fois. Ah oui. La gardienne Egara. Cette femme guindée et solennelle est penchée sur moi.

« Votre test est terminé, vous avez été accouplée. »

Je lèche mes lèvres sèches et essaie de calmer mon cœur qui s'emballe. Je *sens* encore les hommes, mais la sensation tend à disparaître. Je veux les toucher, les retenir, m'accrocher désespérément à eux. C'est la première fois que je me sens en sécurité et protégée, aimée et désirée. Ces hommes ne sont même pas mes partenaires.

Je ris sèchement et la gardienne arque un sourcil brun.

Ce rêve est la seule fois où je me suis sentie en sécurité. La réalité. Saloperie de réalité.

« C'est terminé ? » demandais-je. Ma voix est éraillée à force d'avoir hurlé de plaisir pendant mon rêve. Mon Dieu, j'espère que non. C'est comme ronfler avec un nouvel amant, mais pire. Cent fois pire.

Elle a l'air satisfaite vue l'expression sur son visage, elle hoche la tête et retourne s'asseoir à table. Elle s'installe sur une chaise métallique, je suis toujours sanglée dans le fauteuil de recrutement, je porte une simple blouse d'hôpital de couleur grise arborant le motif répétitif du logo du Programme des Epouses Interstellaires. Je baisse les yeux, mes tétons sont dressés à travers le tissu fin. La gardienne s'en est forcément aperçue mais ne dit rien.

« Veuillez décliner votre nom, pour le dossier, s'il vous plaît.

– Jessica Smith. » Je m'agite sur le fauteuil, ma blouse est trempée au niveau des fesses.

« Mademoiselle Smith, êtes-vous ou avez-vous été mariée ?

– Non.

– Avez-vous des enfants ?

– Vous connaissez déjà les réponses.

– Effectivement, mais un enregistrement verbal est exigé avant de procéder au transfert. Répondez à la question je vous prie.

– Non, je n'ai pas d'enfants. »

Elle tapote sur son écran à plusieurs reprises sans me regarder. « Je suis tenue de vous informer, Mademoiselle Smith, que vous avez trente jours pour accepter ou refuser le partenaire qui vous a été attribué par nos protocoles d'accouplement. » Elle me jette un coup d'œil. « Vous êtes la troisième Terrienne envoyée sur cette planète. Hmm. »

Le test et l'accouplement me laissent dubitative. Aucun homme ne s'est jamais intéressé à moi sur Terre, c'est légèrement déprimant de songer qu'il faille parcourir tout l'univers pour en trouver un.

Mais d'où sortent ces deux hommes dans le rêve du test ? Ce rêve prouve que j'ai un problème ? Je ne pense que mon partenaire apprécierait que je fasse des rêves cochons avec deux mecs.

« Sachez qu'en cas d'insatisfaction, aucun retour sur Terre n'est envisageable. Vous pouvez demander un nouveau partenaire à l'issue des trente jours … toujours sur Prillon Prime. Le processus peut se poursuivre jusqu'à ce que vous trouviez un partenaire acceptable.

– Prillon Prime ? »

Je n'en ai jamais entendu parler, ce nom ne me dit rien. Je ne connais pas les autres planètes ni les races qui les habitent. J'étais trop accaparée par mon travail sur Terre pour penser à l'espace. Mais ça change vachement vite.

« J'ai l'impression d'être prisonnière. Pourquoi suis-je attachée ? » Je me tords les poignets et serre les poings.

« Vous n'êtes pas sans ignorer que la majeure partie de nos volontaires sont des prisonnières.

— Dans ce cas ce ne sont pas vraiment des volontaires, » rétorquais-je.

Elle pince les lèvres. « On ne va pas discuter sémantique Mademoiselle Smith, mais vue votre expérience militaire antérieure, vous savez pertinemment que certaines personnes doivent parfois être attachées pour leur bien. Pendant le test, les femmes sont souvent … agitées. Nous devons assurer votre intégrité.

— Et maintenant ? »

Elle regarde mes poings. « Maintenant, vous allez rester bien sage le temps qu'on prépare votre organisme aux modifications nécessaires et préalables au transfert.

« Des modifications corporelles ? Gardienne, ôtez-moi ces liens immédiatement. » Ma voix est tranchante, j'espère qu'elle a compris que je ne plaisante pas.

Elle ne bronche pas. « Ne vous inquiétez pas, vous serez inconsciente. Vous avez déjà signé les documents et l'accouplement est validé, Mademoiselle Smith. Vous n'êtes plus une citoyenne de la Terre, mais l'épouse d'un guerrier de Prillon Prime, en tant que telle, vous êtes assujettie aux lois et coutumes en vigueur dans votre nouveau monde.

— Etre entravée en fait partie ? »

Elle incline la tête sur le côté. « C'est au bon plaisir de votre partenaire.

— J'ai pas envie d'être en couple avec un homme qui va me ligoter !

— Jessica, vous avez été accouplée à un valeureux guerrier de cette planète. Vous devriez être fière de vous soumettre.

– Vous croyez que je vais faire carpette parce que c'est un soldat ? Et moi alors ? J'ai combattu. J'ai tué même. »

La gardienne se lève et fait le tour de la table.

« Je sais, il est parfois extrêmement difficile pour une femme forte de trouver un partenaire assez dominateur pour répondre à ses ... hummm ... besoins. »

Merde alors, elle rougit ? La gardienne aux lèvres pincées vire du rose au rouge. Mais à quoi pense-t-elle ?

« Rappelez-vous, Jessica, c'est avec vous qu'il est accouplé. Il vous donnera ce que vous voudrez. C'est son droit, son devoir, et plus important encore, son privilège. » Elle sourit, l'air mélancolique. « Plus besoin de vous cacher. Vous n'allez pas vous laisser faire mais je vous promets qu'il en vaut le coup.

– Quel coup ? » Elle m'envoie où, bordel ? Je n'ai jamais donné mon accord pour subir une quelconque domination masculine. Mon vagin se contracte lorsque je repense à cette main vigoureuse sur ma gorge durant le processus de simulation, mais je n'ai pas encore rencontré d'homme assez fort capable de me posséder, de me faire plier. Je doute qu'un tel homme existe.

« Laissez tomber. » Tout en parlant, la gardienne appuie sur un bouton situé au pied du fauteuil, une ouverture bleutée apparaît dans la paroi. Je suis toujours solidement attachée, une très longue aiguille reliée à un long bras métallique sortant du mur se profile, j'essaie de bouger, de lutter, tout mouvement est impossible.

« Ne résistez pas, Jessica. Il ne vous sera fait aucun mal. L'appareil va simplement vous implanter des neuro-processeurs permanents. »

L'aiguille pique ma tempe, c'est tout. Une autre aiguille sortant du mur opposé fait de même sur mon autre tempe. Je ne ressens aucun effet et inspire profondément. Le fauteuil s'abaisse, comme chez le dentiste, je suis immergée dans une sorte de bain chaud, baignée par cette lumière bleue.

« À votre réveil, Jessica Smith, votre corps aura été préparé pour répondre aux règles en vigueur relative à l'accouplement sur Prillon Prime et aux exigences de votre partenaire. Il vous attendra. » Elle énonce par cœur, comme si elle avait répété ce texte maintes et maintes fois.

Prillon Prime. « Maintenant ?

– Oui, maintenant. »

Le ton sec de la gardienne Egara est la dernière chose que j'entends, hormis le léger bourdonnement des équipements électriques et de l'éclairage. « Le processus débutera dans trois... deux ... »

Je me raidis, j'attends la fin du compte à rebours mais une lumière rouge s'allume au-dessus de moi, elle incline la tête et regarde un écran situé hors de mon champ de vision.

« Non. Ce n'est pas possible. » Elle passe de l'état de choc à la perplexité, tandis que j'attends, toute nue, dans cette putain d'eau bleue—pourquoi suis-je nue et où est passée ma blouse ?—j'ai l'impression d'être saoule.

« Qu'est-ce qui se passe ?

– Je ne sais pas, Jessica. C'est la première fois que ça arrive. » Elle regarde sa tablette d'un air renfrogné, ses doigts volent littéralement sur l'écran, comme si elle tapait un message très long et compliqué.

« Qu'est-ce qui se passe ? »

Elle secoue la tête, les yeux ronds, totalement perplexe. « Prillon Prime rejette votre transfert. »

Ça veut dire quoi putain ? Mon transfert est refusé ?

Ils veulent que j'y aille comment, en navette spatiale ? Leur navette est en panne ou n'a plus de batterie ?

« Je ne comprends pas.

– Moi non plus. Le protocole est achevé en ce qui les concerne. Ils ne valident pas votre arrivée, ni votre droit à prendre un partenaire. »

2

*J*essica

Attachée sur la table, je ne peux que regarder la gardienne Egara pianoter sur sa tablette d'un air concentré. Je me débats pour me libérer, même si c'est parfaitement inutile. La boîte de réception n'arrête pas de sonner à chaque nouveau message, elle fronce encore plus les sourcils, ses doigts se déplacent à tout allure en mouvements brefs, comme si elle voulait frapper celui avec lequel elle parle à l'autre bout de l'espace.

J'ai appris la patience à la dure durant mes années en tant que soldat, et plus tard, en tant que journaliste d'investigation. Je peux traquer ma proie pendant plusieurs jours sans jamais m'en lasser. Je sais quand il faut attendre et lorsqu'il faut tirer. Dans ce cas de figure en particulier, mon agressivité ne m'apportera rien, même si ma frustration est si grande que je pourrais arracher les liens du fauteuil comme l'Incroyable Hulk.

« Gardienne, je vous en prie, dites-moi ce qui se passe. »

Oui, ça sonne bien. Vive moi.

La gardienne se mord la lèvre inférieure, elle ressemble soudainement à la femme d'une vingtaine d'années qu'elle est au naturel. Ses épaules sont voûtées, comme si elle portait un poids et une lourde responsabilité. C'est peut-être le cas. Il lui incombe de faire en sorte que toutes les femmes—peu importe la raison—soient accouplées de façon satisfaisante et arrivent saines et sauves à destination, quelque part dans l'univers. Elle lève enfin les yeux, je sais immédiatement en voyant son regard sombre que les nouvelles ne sont pas bonnes, du moins celles me concernant.

Une terreur sourde m'envahit.

« Ils vous ont expressément rejetée, contrairement à toutes les autres volontaires en provenance de la Terre. » Elle soupire, j'ai l'impression qu'on vient de m'annoncer que je suis la fille la plus moche de toute la classe. Ouais, la sensation est toujours aussi cuisante. J'ai déjà ressenti ça, plusieurs fois, quand c'est *moi* qui ait été rejetée. Par des amis, des amants, le boulot, la famille. Je devrais y être habituée mais ce n'est pourtant pas le cas. L'espoir rend stupide. Je ne m'étais pas rendue compte à quel point j'avais envie de rencontrer quelqu'un, quelqu'un qui serait là pour moi, jusqu'à ce qu'on m'envoie balader. Comme d'habitude.

« Un autre transfert est en approche depuis notre Centre de Recrutement des Epouses situé en Asie, le problème n'est donc pas inhérent au système. Pour une raison que j'ignore, vous n'avez pas pu embarquer. Le Prime a envoyé le message *en personne*. »

Le Prime ? Putain c'est quoi un 'prime' ?

« Vous voulez dire mon partenaire ? »

Elle secoue la tête d'un air absent. « Non. *Le* Prime. Le souverain de leur planète. Le souverain de Prillon Prime. »

Elle a énoncé son titre avant même le nom de sa planète, il m'a personnellement rejetée. Génial.

« Un peu comme un roi ? » Merde alors. Leur souverain refuse que je prenne un partenaire ? Je n'ai jamais rencontré le guerrier avec lequel j'ai été accouplée, il était censé m'appartenir et me voilà interdite de séjour, envolée la petite lueur d'espoir. Merde. Mon *espoir* s'amenuise et s'évanouit. Ça fait mal.

« Oui. Il règne sur plusieurs planètes, il commande toute la flotte interstellaire, » grommelle-t-elle en détournant les yeux, incapable de soutenir mon regard.

J'ai un mouvement de recul involontaire, ses paroles me donnent la nausée. J'ai été rejetée par le roi extraterrestre de la planète entière ? Je suis si nulle que ça ? Je suis autoritaire et un peu chiante sur les bords. J'ai un caractère bien trempé pour une femme mais quelle femme n'aime pas se frotter à des méchants garçons et les dégommer ? Merde. Le *Prime* exige une demoiselle raffinée pour son alter ego sur Prillon. Ça doit être ça. Vraiment ?

J'ai l'esprit confus, je lui pose la seule question qui me vient à l'esprit. « Pourquoi ? Ils me prennent pour un trafiquant de drogue ? »

Il vaut mieux que l'accès me soit refusé pour trafic de drogue que pour mon côté garçon manqué.

« Mademoiselle Smith, ils ne vous prennent pas pour un trafiquant de drogue. Ils *savent* que vous êtes *inculpée* de trafic de drogue. Pourtant, j'ai déjà envoyé des filles coupables de meurtre. J'ignore ce qui leur prend. »

Elle secoue tristement la tête et appuie sur une série de boutons sur sa tablette. Je sors de l'eau, la lumière douce m'empêche de me concentrer, je m'aperçois alors que je n'ai plus un seul poil sur tout le corps. Les nouveaux implants dans mon crâne me donnent une horrible migraine, ma tête bourdonne, on dirait un bruit de parasites dans un haut-parleur.

Mon corps est à nouveau placé sur le fauteuil d'examen, la gardienne Egara me couvre avec une couverture grise. « Je suis sincèrement désolée, Jessica. C'est la première fois que ça arrive. Je vais envoyer une requête officielle à la Coalition Interstellaire pour savoir ce qui s'est passé. »

Je suis nue et je dégouline d'eau bleutée, la couverture me gratte et je suis toujours attachée à cette foutue table. Est-ce possible que ça soit pire ? « Ça va prendre combien de temps ? » Le bourdonnement dans ma tête augmente.

« Au moins plusieurs semaines. » Sa voix est amplifiée comme si un mégaphone était situé à un centimètre de mon oreille et je grimace.

Elle penche la tête en me voyant grimacer et me laisse un moment, elle revient avec une piqûre qu'elle m'injecte dans le cou. Je tressaille.

La piqûre surprise en valait la peine, la douleur dans ma tête s'évanouit en l'espace de quelques secondes.

« Je suis désolée pour cette sensation pénible. La majeure partie des épouses s'endorment pendant le processus d'intégration des neurostimulateurs. » Elle me regarde d'un air affable, je ne l'ai jamais vue ainsi. Je cligne des yeux devant une telle volte-face, il ne s'agit pas d'inquiétude, mais de pitié. Je ne peux même pas être transférée sur une autre planète sans qu'il y ait un truc qui plante.

« C'est quoi un neurostimulateur ?

– C'est un implant neurologique qui permet à votre cerveau d'intégrer des nouvelles langues et des nouvelles coutumes. D'ici quelques minutes, vous serez désormais en mesure de comprendre et de parler n'importe quelle langue sur Terre. Cette technologie ne concerne que les personnes effectuant un voyage interstellaire, mais vu que vous restez, c'est toujours bon à prendre. »

Je cligne des yeux et essaie d'assimiler ce qu'elle me dit. C'est toujours bon à prendre ? C'est mon lot de consolation, comprendre et parler n'importe quelle langue ? « N'importe quelle langue ? »

Elle hoche la tête, visiblement satisfaite par la technologie, mais perplexe et déçue que j'ai été recalée. « Absolument. Sur Terre ou dans la coalition. »

Puisque je ne pars plus sur une planète de la coalition, j'en ai un peu rien à foutre. J'ai une sorte de super-puce dans le crâne qui va permettre de comprendre les chaînes étrangères ou les étrangers à l'aéroport. Génial. J'en ai toujours rêvé. J'aurais préféré une nouvelle voiture ou un voyage à Hawaii. Ou du fric même.

Le top aurait été d'être transférée et de vivre le rêve de ma vie, le rêve du recrutement avec ces deux hommes vigoureux sur moi, en train de me baiser comme si j'étais la femme la plus désirable qu'ils n'aient jamais rencontrée, je me serais sentie belle. Désirée. Aimée.

Mais non. À la place, j'ai un décodeur à la con dans le crâne.

J'ai échoué avec mes potes journalistes, j'ai échoué avec mes potes flics, j'ai échoué à prouver mon innocence au tribunal, je ne suis même pas digne d'un extraterrestre qui n'aspire qu'à se taper une bonne chatte qui mouille, alors qu'ils acceptent des voleuses ou des criminelles sans même les avoir rencontrées. Des centaines de criminelles ont transité via le Programme des Epouses Interstellaires ces dernières années. Les femmes qui ont été arrêtées et recrutées de tous les horizons. Des toxicos, des traîtresses. Des voleuses, des meurtrières.

Toutes ces femmes ont traversé la galaxie, fondé des foyers et eu droit à un nouveau départ parmi des hommes extraterrestres recherchant désespérément des épouses via le programme. Ces femmes ont été blanchies, ont eu droit à une nouvelle vie.

Et moi ? Non. Ma candidature a été rejetée pour un crime que je n'ai pas commis, je n'ai pas été rejetée par mon partenaire, mais par ce putain de souverain de la planète entière ?

C'est pas mon jour.

« Je fais quoi maintenant ? »

La gardienne Egara baisse la tête et soupire. « Votre enrôlement volontaire dans le programme des épouses a satisfait à toutes les exigences requises pour la peine criminelle. C'est la première fois qu'une personne est rejetée, il s'agit d'une faille qui devra être rectifiée. Je m'assurerai à l'avenir qu'une femme qui soit refusée retourne en prison. Aucune règle n'existe concernant une sentence de substitution, puisque vous avez satisfait à toutes les exigences de la sentence. »

– Vous voulez dire que—
– Vous êtes libre, Mademoiselle Smith. »

Elle soulève la couverture et essuie quelques gouttes du liquide bleu au coin de mon œil, elles coulent sur mes joues telles des larmes.

Je suis libre. Pas de sentence. Pas de prison. Pas d'extraterrestre torride.

« Rentrez chez vous. »

Je ne veux pas rentrer chez moi. Je n'ai pas de maison. Pas de travail, pas d'amis, pas d'avenir. J'étais censée partir à l'autre bout de la galaxie, mes comptes bancaires ont été soldés, ma maison vendue. Lorsqu'une femme quitte la planète dans le cadre du programme des épouses, ses biens sont cédés, comme si elle était morte. Morte et enterrée, sans espoir de retour. Personne ne réclamera mon grille-pain ou mon vieux canapé, je présume que tout partira dans une vente de charité.

Je suis la première épouse renvoyée chez elle comme un chien, la queue entre les jambes, je ne suis même pas digne d'un partenaire extraterrestre.

Et si je franchissais les portes du centre de recrutement et allais faire un tour en ville ? Les sales types qui m'ont dénoncée vont envoyer leurs gros bras terminer ce qu'ils ont commencé. S'ils apprennent que je suis toujours sur Terre, je ne vais pas faire de vieux os.

Je ne suis pas une chochotte. J'ai un sac de voyage, des vêtements propres et de l'argent liquide grâce à un ami qui bosse pour les renseignements à l'étranger, il m'avait conseillé de prendre le minimum vital. J'ai suivi son conseil grâce à Dieu. Je n'ai plus qu'à aller au garde-meuble et recommencer de zéro.

Je suis libre. Célibataire. Malheureuse. Blessée.

Désormais libre de mes mouvements… Et de dénoncer notamment une cohorte de gradés et de politiciens véreux.

Ces bâtards fourbes me croient partie sur une autre planète. Ce n'est plus leur problème. C'est sûrement le seul truc de bien qui me soit arrivé aujourd'hui.

Je fais pivoter mes jambes sur le côté de la table et souris, soudain pleine d'allégresse. Je suis peut-être pas assez bien pour une partie de jambes en l'air extraterrestre, mais très calée avec un téléobjectif. C'est mon sniper à moi. Une photo parfaite suffira à ruiner leur réputation, étaler leurs mensonges au grand jour, ruiner leur vie. Si mon appareil était une arme, la liste des hommes à abattre serait longue comme le bras. Si de plus je suis devenue un fantôme, une personne qui n'est plus censée *être* sur Terre, c'est encore mieux.

Je saute de la table, agrippe la couverture mais me calme lorsque la pièce se met à tourner. La gardienne Egara tend les bras pour me retenir et je lui adresse un signe de tête en guise de remerciement.

Je vais y aller, mais mon côté maso me rend curieuse. Si je dois laisser tomber la chance que m'offrait cette planète, alors je veux savoir. « Il s'appelait comment ? »

La gardienne Egara fronce les sourcils. « Qui ça ?

— Mon partenaire ? »

Elle hésite, comme si elle divulguait un secret d'état, et finit par hausser les épaules. « Prince Nial. Le fils aîné du Prime. »

Je rigole franchement, si j'avais quitté la Terre, je serais devenue une princesse. Accouplée à un prince extraterrestre, j'aurais porté des robes du soir et des chaussures ridicules, mes longs cheveux blonds ne seraient plus lissés en une simple queue de cheval mais rehaussés de pierres précieuses et bouclés, comme l'aurait exigé mon statut royal. Mon Dieu, il aurait fallu que je mette du mascara et du rouge à lèvres, ma peau claire est belle au naturel, sans maquillage.

Une princesse ? Pas question. C'est peut-être pour ça que j'ai été recalée. Je ne suis pas *du tout* une Cendrillon.

« C'est pas plus mal, gardienne. J'suis pas vraiment une princesse. » Je suis plus à l'aise avec un poignard qu'à manier la langue de bois avec les politiques, plus calée avec un fusil que sur une piste de danse. Ce sont les faits, malheureusement. Le Prince Nial n'a pas perdu grand-chose au change.

À part moi.

Le prince sera peut-être mieux sans moi. Ce n'est pas pour autant que, tout au fond de moi, je n'éprouve rien en repensant à la cérémonie d'accouplement, je rêve parfois de savoir ce que ça fait d'être aimée, désirée, baisée et possédée par ses partenaires.

Le Prince Nial *de Prillon Prime, à bord du Cuirassé Deston*

Je me dirige vers l'écran de contrôle pour m'entretenir avec mon père, apathique. J'ai l'impression d'être vide, de peser moins lourd qu'un gamin. C'est la meilleure façon d'affronter mon père, ne pas montrer d'émotions.

Il est impossible de retirer les implants cyborg microscopiques implantés dans mon organisme lors de mon séjour dans la Chambre d'Intégration de la Ruche, sans me tuer. Je suis par conséquent considéré comme contaminé, je constitue un risque pour les hommes placés sous mes ordres et le peuple de ma planète. Je suis traité comme un voyou extrêmement dangereux. C'est du moins ce que tout le monde croit. Les guerriers contaminés par la technologie de la Ruche sont carrément exilés dans des colonies pour le restant de leurs jours, ils y effectuent des tâches pénibles. Ils ne se marient pas. Et surtout ils ne deviennent jamais Prime des deux mondes Prillon.

Mon droit d'aîné, en tant qu'héritier du Prime et prince de mon peuple, m'a permis d'éviter l'exil dans les colonies, mais une chose compte plus que tout à mes yeux, et il ne s'agit pas de la personne qui s'affiche devant moi à l'écran.

Je fixe le visage délibérément dénué d'expression d'un homme ayant le double de mon âge. Il me ressemble, en plus vieux, sans implants cyborg. Il est immense, un visage sévère, son armure le fait paraître plus grand que ses deux mètres dix. C'est le Prime des deux planètes peuplées d'immenses guerriers. Il se doit d'être fort. Ses ennemis auraient sa peau au moindre signe de faiblesse.

Je suis son maillon faible. Je suis son voyou de fils, devenu une dangereuse menace cyborg.

« Père. » Je m'incline en guise de salutation, malgré la colère qui coule dans mes veines. C'est peut-être mon parent biologique, mais ce n'est pas mon père.

« Nial, j'ai parlé au Commandant Deston. J'ai rempli le formulaire officiel pour t'envoyer dans les colonies. »

Je serre les dents pour ne pas répondre immédiatement. Je feins l'indifférence. Ainsi, mon statut d'héritier royal du trône ne me prémunit pas contre l'exil.

Il n'en a rien à foutre que je sois son fils. Je suis atteint et ruiné par la Ruche, et pas *foutu* de régner. Ni d'être son fils.

On lui tend une tablette, il lit attentivement son contenu tout en continuant à me parler, sans prendre la peine de me regarder. « Je pars sur le front dans quelques jours pour rendre visite à nos guerriers et évaluer l'état de plusieurs de nos anciens cuirassés. Ton transfert devra être effectif à mon retour. »

J'inspire profondément et essaie d'employer une voix aussi neutre et aimable que la sienne. « Je vois. Et mon épouse ? Elle aurait dû arriver depuis trois jours.

– Tu n'as pas le droit de prendre épouse. Je suis tombé d'accord avec le Conseiller Harbart. Sa fille sera ta partenaire. »

Je ne peux m'empêcher d'agripper le fauteuil devant moi de toutes mes forces.

« Harbart est un ignoble lâche qui voulait m'assassiner, ainsi que l'épouse du Commandant Deston. Pourquoi épouserais-je sa fille ? »

Le Prime arque un sourcil et me regarde d'un air perplexe. « La question n'est plus d'actualité puisque tu … ne peux prendre épouse. Tu n'en prendras aucune. Le transfert de ton épouse terrienne a été annulé bien entendu. Les guerriers contaminés ne peuvent avoir l'honneur de prendre épouse. Tu le sais bien. Elle sera accouplée à un autre guerrier qui n'est pas… »

Il s'interrompt et penche la tête, il me dévisage. Je le laisse me regarder. S'il était un *vrai* père, il verrait plus loin que les modifications cyborg de la Ruche et comprendrait que je suis toujours la même personne, que je suis son fils. Je suis *toujours* le prince.

« Qui n'est pas quoi ? »

C'est la première fois qu'il me voit depuis que j'ai réchappé à la Ruche. Les bras croisés, je le laisse examiner la légère lueur métallisée de mon profil gauche, la drôle de couleur argentée de mon iris gauche, autrefois doré. J'ai fait exprès de laisser mes avants bras nus afin qu'il voie le mince grillage de biotechnologie greffé sur la moitié de mon bras et une partie de ma main gauche. Je veux qu'il voie tout, qu'il me voie *moi*.

Il regarde mon bras avec insistance. « On ne peut pas retirer les implants et les greffes de la peau ? »

Une seule question et tout espoir s'évanouit. Je pensais qu'il s'en ficherait, mais non. Il ne voit que ce que la Ruche a fait, et non plus son fils.

« Le Docteur Mordin a dit que les greffes resteraient à vie. À moins d'amputer le bras.

– Je vois.

– Vraiment, père ? Et vous voyez quoi ? » Il n'a pas vu les autres greffes de la Ruche

recouvrant la moitié de mon épaule gauche, la majeure partie de ma jambe gauche et une partie de mon dos. Je vois à son regard distant qu'il en a assez vu.

Mon père, l'homme que je n'ai jamais aimé mais que j'ai toujours respecté, à qui j'ai essayé de plaire, secoue la tête.

« Je vois un guerrier qui fut un jour mon fils. » Il se rencogne dans son fauteuil et son regard se fait encore plus glacial. « Tu seras rayé des listes des héritiers et affecté sur celles des colonies. Je suis désolé fils. »

« Fils ? *Fils* ? Vous osez employer le terme de 'fils' pour m'annoncer mon exil dans les colonies ? » J'élève la voix. Inutile de rester calme. Ça ne m'a jamais rien apporté.

Il s'avance pour mettre un terme à notre échange mais ma question suivante le fait stopper net. « Et qui sera votre héritier ?

— Tu as de nombreux cousins éloignés, Nial. Le Commandant Deston aura peut-être un héritier avec sa nouvelle épouse. Le cas échéant, je suis persuadé que le peuple reviendra avec plaisir aux anciennes coutumes. »

Les anciennes coutumes...

« Un Combat à Mort ? » Il préférerait voir de valeureux guerriers s'affronter à mort pour obtenir le titre de Prime que de prendre en considération son propre fils ? Simplement parce que la Ruche m'a greffé sa biotechnologie ?

« Que le guerrier le plus valeureux survive. »

Si je pouvais passer à travers l'écran et lui casser la gueule, je l'aurais fait. « Vous préférez voir mourir nos meilleurs guerriers ? »

Cet homme est insensible. Sans cœur, du moins envers moi. Il est ainsi avec tout le monde. Il regarde des hommes courageux combattre pour rien, mourir pour rien, tout simplement parce qu'il est... Si... Cruel.

« Il n'y aura pas d'héritier. C'est comme ça. »

Il n'y a pas eu de Combat à Mort depuis deux cents ans, depuis que notre ancêtre est monté sur le trône. « J'ai de la force, père, mon mental est intact. Inutile de sacrifier nos meilleurs guerriers... »

Je le supplie de sauver les autres. Les plus forts risquent de se porter volontaires, de mourir pour rien, alors qu'ils devraient se trouver sur le front, à combattre la Ruche.

« Tu es contaminé.

— Je connais les systèmes de la Ruche, leurs stratégies.

Ce serait idiot de m'exiler dans les colonies. Ma place est sur le front avec les combattants, je pourrais... »

Il m'interrompt à nouveau. « Tu n'es plus personne, tu es contaminé. La Ruche. Tu es mort à mes yeux. »

Je veux argumenter mais la communication coupe à l'autre bout.

Connard. Depuis plusieurs années, il ne s'est pas passé un jour sans que j'éprouve l'envie d'impressionner ce connard ou de le tuer.

« J'aurais dû le tuer, » murmurais-je.

Je fixe l'écran noir durant plusieurs minutes. Il m'a révoqué, je ne parlerai plus jamais à mon père. Ça ne m'affecte pas, c'est terminé. Ces implants cyborg sont peut-être un mal pour un bien. Les choses ont le mérite d'être claires avec mon père, il ne mérite plus que je lui accorde mon attention ou mon temps.

Non. Ces pensées tournent en boucle dans mon crâne, telle une tempête créant d'énormes dégâts. Il a révoqué mon épouse. Ma partenaire. Une belle Terrienne semblable à Hannah Johnson, l'épouse du Commandant Deston. J'avais tellement hâte de découvrir ma partenaire, une femme tout en courbes provenant de cette planète. Hannah est petite mais forte, elle aime tellement ses deux partenaires qu'elle les a suppliés de la posséder en pleine cérémonie d'accouplement.

Les implants de la Ruche m'ont donné un avantage ce jour-là, un secret que je n'ai partagé avec personne. J'ai enregistré toute la cérémonie dans mon système. Je l'ai visionnée tant de fois dans mon esprit, j'ai regardé inlassablement de quelle manière une humaine aime qu'on la touche, sa façon de se cambrer, les bruits qu'elle fait quand ses partenaires l'embrassent, la touchent, la

Prise par ses partenaires

baisent. J'ai envie de ça moi aussi. J'ai envie d'une partenaire comme ça, j'ai regardé l'enregistrement jusqu'à ce qu'il soit imprimé dans mon âme. Je l'ai appris. J'ai mémorisé la moindre seconde de leur cérémonial d'accouplement.

Je la ferai hurler, comme eux. Je la ferai frissonner, elle me suppliera de la pénétrer.

Mon cousin, le Commandant Deston m'a fait l'honneur de me convier à la cérémonie. Je les ai vus, lui et son second, Dare, baiser Hannah comme des sauvages. Leur épouse humaine a adoré leurs attentions, elle les a suppliés de continuer, elle regardait ses guerriers comme si elle ne pouvait vivre sans eux, comme s'ils lui étaient vitaux.

Ça me rappelle ma propre cérémonie au centre de recrutement. Le rêve dans lequel je m'accouple à ma partenaire. Les hommes sont exigeants, dominateurs, et dévoués. On m'attribue ma partenaire dans ce rêve, je sais ce qu'elle attend de moi. Et de mon second.

Je veux vivre la même connexion que dans ces deux cérémonies, j'y ai droit.

J'ai une partenaire. Une femme a été recrutée et m'a été attribuée. Lors de cette cérémonie d'accouplement torride. La compatibilité du Programme des Epouses Interstellaires avoisine les cent pour cent. Il existe bel et bien une femme pour moi, ça ne fait aucun doute. Je n'ai pas de second, pas de trône et aucun avenir, mais je m'en fiche. La seule chose qui compte—la seule *personne* qui compte— est cette terrienne, ma partenaire. Mon père a annulé son transfert. Ça ne remet pas en cause le lien qui nous unit. J'ai encore plus envie d'elle. Je ne la refuserai pas. Je me demande ce qu'elle a dû penser de moi quand elle a appris qu'elle avait été rejetée. Sa peine doit égaler la colère qui monte en moi, suite à l'intervention de mon père.

Mon connard de père ne va pas me refuser ma partenaire. Elle ne fera pas les frais de ses manigances.

Elle est innocente.

Elle est à *moi*.

Si le centre de recrutement n'avalise pas son transfert, j'irai tout simplement la chercher sur Terre et la ramènerai.

3

Prince Nial, Cuirassé Deston, Salle de Transfert

Je parcours les couloirs du cuirassé comme un fou. Des guerriers endurcis détournent le regard, incapables de supporter la vue de ma peau aux reflets argentés. Je doute que ce soit à cause de *moi*, mais plutôt à cause de ce qui pourrait leur arriver. Je m'en fiche. Je serai sur Terre dans quelques heures, avec mon épouse. Je ne peux pas foirer cette mission.

Lorsque ma partenaire sera en sécurité, je me mettrai en quête d'un guerrier avec lequel la partager, je choisirai un second partenaire qui la protègera, et je m'emploierai à reconquérir mon trône. Je marche, ma colère me tord le ventre. Mon père est un imbécile, j'ai passé trop d'années à lui obéir aveuglément. Il est temps de le destituer, de force si besoin. Sa stratégie dans la guerre qui nous oppose à la Ruche est inefficace et débile, la preuve. Sans le Commandant Deston qui dirige la flotte de combat de main de maître, on serait déjà fichu. La salle de transfert est presque pleine. Le commandant Deston, sa partenaire Hannah, et leur second, Dare m'attendent près de la plateforme de transport. Deux guerriers que je ne reconnais pas actionnent le pupitre de commandes, ils enregistrent les données nécessaires pour me transférer au centre de recrutement sur Terre, celui-là même où ma partenaire a été recalée il y a quelques jours. Recalée ! Ma colère va crescendo en l'apprenant.

Deux immenses guerriers gardent la porte. Je réalise le risque que prend mon cousin en les voyant. Il n'y a pas grand monde à bord qui aime fréquenter un guerrier contaminé, prince ou pas.

« Commandant. » Je salue mon cousin en lui agrippant l'avant-bras, incapable d'exprimer verbalement ce que cette chance représente à mes yeux. En m'envoyant sur Terre pour trouver mon épouse, il défie mon père mais également tout le conseil planétaire. Ça prouve le peu d'estime qu'il a pour mon père et sa foi en notre système d'accouplement.

Je jette un œil à Hannah, à ses côtés. Elle est si menue, si fragile comparée à ses deux partenaires, et pourtant forte et toute puissante. C'est elle le maillon fort dans l'équation. Je regarde leurs colliers assortis et j'envie leur connexion.

J'aimerais bien être comme eux moi aussi. Bientôt. Je dois juste aller sur Terre, la trouver et la ramener.

« Bon voyage, Nial, dit Deston. Une fois parti, ton père bloquera à coup sûr les gares de transport, il enverra probablement des chasseurs de primes à tes trousses.

– Mon père ne me fait pas peur. »

Le commandant Deston acquiesce avec un profond respect que je ne lui connais pas. J'étais un enfant gâté. J'en ai conscience à présent, et je ne m'en vante pas. Un prince pourri gâté qui veut jouer à la guerre sans comprendre ses tenants et aboutissants. Je ne suis plus le même. Je me détourne du Commandant et salue son épouse. « Dame Deston.

– Bonne chance. » Elle se met sur la pointe des pieds et m'embrasse sur la joue gauche. Ça me persuade d'autant plus qu'une épouse terrienne est ma seule chance de trouver une femme qui m'acceptera tel que je suis.

Son second partenaire, Dare, croise mon regard, j'envie le petit éclat argenté qui brille dans son œil. Il a été capturé lui aussi. Mais en tant qu'héritier du Prime, j'ai eu droit aux honneurs de la Ruche, ils se sont occupés de moi en priorité. Dare s'en est bien tiré avec leur technologie, il n'a eu droit qu'à cet éclat dans un œil, lui seul le sait, et ses proches.

Dare attrape ma main tendue. « Comment protègeras-tu ta partenaire sans l'aide d'un second ? » Il maintient le contact, alors que je l'aurais déjà lâché pour ma part. « Tu devrais choisir un second, Nial. Emmène-le avec toi.

– Je suis un paria, je suis contaminé. Je secoue la tête. Je ne peux pas imposer ça à un guerrier. Pas encore. »

Dare poursuit. « Imposer quoi ? Protéger et veiller sur une magnifique épouse ? Se partager son corps et la baiser jusqu'à ce qu'elle crie de plaisir ? Il sourit et Hannah rougit. Fais-moi confiance, Nial, être second, c'est loin d'être une punition. »

Je sais qu'il dit vrai quand je repense à sa—leur—cérémonie d'accouplement.

Il dit peut-être vrai mais je suis contaminé, ce qui va à

l'encontre des lois en vigueur sur Prillon, notamment concernant les déplacements sur une planète. Je suis accouplé à une épouse qui ne me connaît pas et qui partira probablement en hurlant lorsqu'elle découvrira dans quel état je suis. Je ne peux demander à un guerrier de se joindre à moi en de pareilles circonstances.

Je ne réponds pas, je relâche l'étreinte de Dare et monte sur la plateforme de transport, les yeux sombres de Dame Deston brillent d'un éclat malicieux. Ses cheveux bruns ne passent pas inaperçus parmi la race blonde de Prillon Prime, qui brille telle une étoile dans la noirceur de l'espace. « Vous serez tout nu lors de votre arrivée.

– Oui. » Pas de vêtements. Pas d'armes. Je connais le protocole de Prillon, je sais comment nos transporteurs ont été conçus. Aucun vêtement et aucune arme ne résisteraient à un voyage si long. L'arrivée d'une épouse volontaire et nue est l'un des évènements les plus attendus de toute la Coalition Interstellaire. Je me demande comment ils réagiront au centre de recrutement sur Terre lorsqu'ils verront un homme nu—non, un individu mi-homme/mi-cyborg—apparaître, tout nu.

« Vous mesurez trente centimètres de plus que la majorité des hommes sur Terre. On va vous repérer à des kilomètres à la ronde.

– J'ignore ce que signifie cette expression, mais j'avoue que je vais faire figure d'oiseau rare rien qu'avec ma taille, sans parler de ça. » Je montre mon profil.

Hannah serre les lèvres et hoche la tête.

« Soyez vous-même. »

Ce retard m'excède, je regarde le guerrier officiant aux commandes d'un sale œil. Il hoche la tête devant mon ordre tacite.

« Attendez. »

Une voix grave nous fait tous nous retourner. L'un des gardes près de la porte s'avance vers moi.

Il s'appelle Ander, c'est l'un des guerriers qui nous a tiré d'affaire de la Ruche, Dare et moi. Il est plus costaud que moi, des épaules larges, une grande cicatrice marque tout son profil droit. Cette marque est le signe de sa bravoure au combat, le prix qu'il a payé pour notre survie.

Je suis blond à la peau claire, une couleur banale au sein de notre peuple. Ander est plus foncé, ses yeux sont couleur rouille, ses cheveux sont plus sombres et sa peau basanée, tirant plus vers le brun, il tient des anciennes lignées. Je le connaissais avant qu'il ne se porte à notre secours. Il est très redouté et grandement apprécié sur le cuirassé, c'est l'un des guerriers d'élite du Commandant Deston. Je lui dois la vie. Dare aussi. Sa présence dans la salle de transport prouve que le commandant et son second lui font confiance pour leur garde rapprochée, c'est un guerrier dévoué et de confiance.

Je croise son regard inflexible, les deux parias se dévisagent l'un l'autre. Je le regarde d'un air intrigué déposer ses armes et venir vers moi. « Je me porte volontaire pour être votre second. »

Ander est un coureur notoire plus âgé que moi mais âpre au combat. Je ne pourrais tomber sur meilleur guerrier pour m'aider à trouver et protéger mon épouse. Il m'a prouvé sa fidélité ainsi qu'à Dare et au commandant durant toutes ces années de guerre. Je ne le connais pas vraiment mais ça ira. Il est digne de prendre épouse. Merde, il le mérite peut-être encore plus que moi.

La cérémonie d'accouplement est la pierre angulaire de mon accouplement, celle avec le second très dominateur qui a sodomisé sa partenaire avec une précision digne d'un expert. Je ne connais ma partenaire qu'en rêve, Ander devrait faire l'affaire. Largement.

Je me tourne vers le commandant, je ne peux emmener l'un de ses meilleurs guerriers sans sa permission. Si j'étais le prince de naguère, celui qui croyait que tout lui était dû, j'aurais emmené le guerrier sans rien demander à cet homme qui dirige le vaisseau, à ceux qui obéissent à ses ordres, à ceux qu'il protège.

Ander se tourne à son tour vers le commandant. Le commandant tient sa partenaire par la taille, il sourit, c'est rare. « Allez-y. Que les Dieux vous protègent. »

Dame Deston pose sa tête sur son épaule, elle sourit sincèrement. « Essayez de ne pas tuer trop d'idiots. Et de ne pas lui faire une peur bleue. » Elle tend la main et Dare lui remet trois colliers noirs. Elle se tourne vers moi. « Vous allez en avoir besoin. »

Je secoue la tête. « Je crains, ma Dame, qu'ils ne survivent pas au transport. Ils ne fonctionneront pas correctement hors de portée du vaisseau.

– Oh. Je les garde pour votre retour. » Elle les pose dans la main de Dare et se serre contre ses deux partenaires, visiblement déçue en nous voyant tous deux, côte à côte, sur l'emplacement dédié au transport. « Bonne chance. Elle va vous prendre pour des bêtes curieuses. Faites preuve de patience. »

Je hoche la tête et m'étreins en prévision de la torsion qui s'exerce lors d'un voyage au long cours, Ander se tient derrière moi. Une montée de puissance envahit mes cellules, le protocole de transport a commencé. Je ne comprends pas sa phrase *elle va vous prendre pour des bêtes curieuses*. Ni le fait de faire preuve de patience. Cette terrienne est ma partenaire. Nous sommes liés. Elle est au courant de la connexion, tout comme moi. Elle va se demander qui est Ander, je l'ai choisi comme second, elle n'a pas à me poser de questions. Son partenaire. Inutile de perdre du temps à courtiser notre nouvelle épouse avec des airs avenants ou de belles paroles.

Je suis *son partenaire* !

Je vais tout simplement l'enlever. Et si elle a peur ? Si elle s'oppose à cette union ? Peu importe. Elle m'appartient et je ne la laisserai pas tomber. Je vais la conquérir, elle finira bien par céder, dans une semaine ou dans un an.

Jessica, *Terre*

Accroupie sur le toit, je scrute les gradés de la Brigade des Stups à l'aide d'un téléobjectif caché dans mon sac. Ma cible est assise sous un parasol à l'une des sept tables, dans la cour d'un café du centre-ville. Je porte ma tenue habituelle lorsque je suis en mission, chemise et pantalon noirs.

Les officiers sont les invités du cartel, leur présence est bien la preuve qu'ils sont véreux, ils sont pris sur le fait. La preuve est établie. Le lieu est très surveillé par des sbires lourdement armés, des hommes surveillent sans relâche depuis le toit.

J'ai quinze minutes pour filer d'ici avant qu'ils ne m'attrapent.

Une femme s'agenouille par terre entre les jambes d'un

homme, elle lui taille une pipe sous la table tandis qu'il sirote son whisky et plaisante avec son pote. Il ne s'interrompt même pas lorsque la femme, sous l'emprise de la drogue, avale sa bite et fait mumuse avec ses couilles. Toute la zone regorge de trafiquants de drogue, de souteneurs et de prostituées à leur service, leurs esclaves.

Je me demande quel est le pire, les femmes qui meurent d'une banale overdose de C-Bomb ou les rescapées, condamnées à l'esclavage pour obtenir leur prochaine dose.

Ça fait quarante-huit heures que je n'ai pas pris de vrai repas, je suis déshydratée et je n'ai avalé que des gélules de protéines et du café. Je n'ai pas de maison et plus de famille. Mon partenaire extraterrestre, le seul homme qui me convienne dans tout l'univers, ne veut pas de moi. Il ne me reste que mon honneur, et la possibilité de faire en sorte que les femmes ne soient plus kidnappées et forcées à se droguer ou tomber dans l'enfer de la prostitution. Ce groupe utilise une certaine méthode de recrutement, ils administrent aux captives un cocktail de drogues— dénommé C, ou C-bomb, pour *Cunt-bomb*—les femmes sont réduites à l'état de putains décérébrées. Cette drogue fonctionne à merveille. Une dose suffit pour que les femmes soient accros ou meurent.

La dépravée qui suce la bite du mec est visiblement droguée.

L'un des barons de la drogue glisse un sac rempli de drogue, de fric et Dieu sait quoi d'autre sur la table de l'officier de la Brigade des Stups, il ouvre le sac, sourit et saisit une seule pilule dans le sac—rose clair, je la vois grâce à mon téléobjectif. Il la prend entre le pouce et l'index et la donne à la femme qui lui fait une fellation sous la table. Elle la met sous sa langue. Elle se fige presque immédiatement, sourit d'un air béat et baisse la tête, redoublant d'efforts et lui fait une gorge profonde.

Je fais la grimace, je prends photo sur photo, en faisant attention de ne pas bouger. Pas encore. Il me faut encore un nom, encore un visage. J'ai déjà identifié trois gros bonnets. Il ne reste plus qu'à envoyer un petit mot et des photos à des flics honnêtes pour les envoyer derrière les barreaux. Je veux juste savoir avec qui ce groupe est en affaires à la mairie et j'aurais terminé. Je vais anéantir les connards qui essaient de détruire ma ville.

Je respire tout doucement, sans tressaillir une seule fois. J'ai chaud sous la bâche qui me sert de camouflage, mais je n'ose pas bouger. Le moindre reflet sur l'objectif de mon appareil pourrait les alerter de la présence. Je suis un sniper, mon arme est l'information, pas les balles. Pas aujourd'hui du moins. Lorsque j'étais soldat, ma carabine M24 était bien plus fatale.

Ma patience est enfin récompensée lorsqu'un homme que je connais sort d'une zone d'ombre et s'assoie face aux deux agents des Stups.

Je cligne trois fois des yeux pour ravaler mes larmes. Evidemment.

J'en sais assez. Ma formation de sniper prend tout son sens à cet instant précis. Je n'ai pas merdé. Je suis restée calme, j'ai respiré doucement, tandis que mon cerveau carburait à toute vitesse. Merde. Putain ! Le salaud !

Très vite, je prends quelques photos avant de rassembler mes affaires et de rentrer. Je sais exactement où le trouver, j'y suis déjà allée. Plusieurs fois. Je vais me mettre en embuscade et l'affronter, je vais tout déballer. Les citoyens doivent connaître le connard qui se cache derrière tous ces meurtres ces derniers temps, le monde n'y croira jamais. Je suis coupable, victime de *son* coup monté. Il me faut un aveu, j'ai besoin d'une confession enregistrée.

Deux heures plus tard, le voici de retour dans sa maison coloniale de dix pièces, je l'attends dans la salle à manger officielle située au rez-de-chaussée ; le fusil de chasse douze coups qu'il a acheté il y a des années de ça dans une armurerie est chargé, le canon repose contre le dossier d'une chaise couleur cerise. Je pointe l'arme vers sa poitrine. Il fera une cible de choix. J'ai gagné des compétitions de tir dans l'Armée pendant quatre ans, c'est lui qui m'a entraînée.

« Jess. » Il écarquille les yeux, complètement abasourdi de me voir là. Une seconde plus tard, il s'est déjà repris.

« Clyde. »

Je fixe mon vieux mentor par-dessus le fusil et hoche doucement la tête, sans le quitter des yeux. C'est un ancien soldat et un ancien commissaire de police, désormais le maire de notre belle ville. Il porte un complet bleu marine et une cravate, il est séduisant et présente bien pour la cinquantaine, c'est un modèle pour la ville. Un héros de guerre, ses yeux s'éclairent d'un sourire. Sa fossette au menton fait de lui un célibataire très convoité.

« Je croyais que t'étais partie te faire sauter par un extraterrestre. »

Il a le culot de prendre une cigarette et de l'allumer tandis que je l'observe, des volutes volètent entre nous.

3L'extraterrestre n'a pas fait son boulot ? T'es venue te faire sauter ma chérie ? Tu veux une autre dose de C ?

– Non merci. »

Il hausse les épaules et tire sur sa cigarette, il fait des ronds de fumée, comme s'il n'en avait rien à foutre. « Je croyais. J'ai appris que t'as aimé la C la première fois, j'imaginais que tu voulais une nouvelle dose. »

Je frissonne. Je n'ai jamais parlé de cette nuit infernale à personne, cette nuit où j'étais droguée, j'étais quelqu'un d'autre. Je me suis enfermée dans la salle de bain, recroquevillée par terre. Je me suis masturbée jusqu'à avoir le vagin en sang, encore et encore, pendant des heures, chaque orgasme me procurait un soulagement temporaire. La torture a duré plus d'une nuit, je sais désormais à qui la faute. J'appuie sur la gâchette, il lève les mains en signe de reddition.

« Doucement.

– J'avais confiance en toi. » L'idée de le tuer me donne envie de vomir sur mes bottes, mais je me retiens. Il ne mérite pas de vivre, je dois obtenir ses aveux. Sa mort ne suffit pas. Ma caméra posée sur la corniche de la cheminée enregistre la pièce et nos moindres échanges. « Pourquoi tu fais ça ?

– Ça quoi ? » Il me regarde bien en face, calmement, il prend tout son temps pour s'asseoir dans son fauteuil favori, une arme de poing est cachée entre l'accoudoir droit et le dossier. Il ignore que son flingue se trouve bien au chaud dans ma poche.

« Tu le sais parfaitement. T'as tué des douzaines d'innocentes. Tu t'es lié au cartel. T'as vendu la ville au diable. »

Sa main se déplace entre les cousins et je souris, son regard vide devient noir de colère en constatant que son flingue a disparu. Il soupire et croise les bras sur sa poitrine.

« Fais ce que tu as à faire Jess, mais tu n'obtiendras aucun aveu de ma part. J'ai rien fait de mal. »

J'ai une envie de folle de le descendre à bout portant, de lui ficher une balle dans la poitrine grande comme le Texas, mais quelque chose m'en empêche.

Putain, ça fait chier d'avoir une conscience, ce type ne peut pas comprendre. J'ai tué lorsque j'étais au Proche-Orient, parce que j'y étais obligée. Tuer ou être tuée. C'est différent. Mais là ? C'est un meurtre de sang-froid.

Sérieusement, il mérite de mourir.

Je le dévisage pendant trente bonnes secondes, je pèse le pour et le contre. Le tuer et m'enfuir ? Le ligoter et appeler les flics ?

Ils ne me croiront jamais. Jamais. Je suis une traîtresse, une ex gradée corrompue qui dispose de millions sur son compte en banque, je planque de la C-bomb chez moi, et je me drogue. En ville, c'est un dieu. Je suis une criminelle et une menteuse. Une ordure.

Son petit sourire suffisant m'énerve à un point tel que j'avance vers lui. Je vais devoir lui mentir pour espérer le faire réagir et sortir de ses gonds. Le forcer à avouer. J'ai laissé tomber ma filature après l'avoir photographié en train de parler avec les agents, il ignore ce que j'ai vu ou pas. « J'ai pas besoin d'une confession, Clyde. Je t'ai pris en photo pendant que la pute te taillait une pipe au café, il y avait un sac contenant l'argent de la drogue sur la table.

– Salope, » crache-t-il, adieu les belles manières. « Il va t'arriver de sacrées bricoles, tu sauras même plus comment tu t'appelles, et après je te jetterai en pâture à ces mecs. Ils te déchiqueteront comme des chiens. »

Les neurostimulateurs vibrent au niveau de mes tempes et je secoue la tête pour les faire taire. Ça recommence, plus fort cette fois-ci, un bruit étrange que je n'ai jamais entendu auparavant, comme si des machines communiquaient.

Je recule, Clyde se lève et s'accroupit, profitant de ma distraction.

Merde. Il y a un truc qui cloche. J'appuie sur ma tempe et gémis. Je dois sortir d'ici. *Tout de suite.*

Trop tard. La douleur me vrille les tempes et je tombe à genoux. Le flingue se fracasse par terre tandis que je me plie et geins, j'essaie de rester consciente.

Clyde s'empare de l'arme et esquisse un pas dans ma direction lorsque la porte vole en éclats et sort de ses gonds. Trois créatures gigantesques font irruption dans le salon de Clyde. Ce ne sont pas des humains. Leurs corps sont entièrement métalliques, mais pas en métal dur et brillant, semblable aux clés à molette de mon grand-père ; c'est doux, on dirait que le métal est malléable, il épouse leur peau, comme s'il était vivant. Leurs yeux sont couleur argent mais au centre, à la place des pupilles, on aperçoit des points noirs et des traits, comme dans un ordinateur. Ils ont des paupières mais ne cillent pas lorsqu'ils pénètrent dans la pièce et se dirigent vers l'homme qui les met en joue.

On les dirait tout droit sortis d'un film. Des robots vivants. Des extraterrestres. Ce ne sont *pas* des humains.

Clyde leur tire dessus, je prends ma caméra et me carapate sous la table de la cuisine, près de la porte du fond. J'ai un mal de crâne atroce mais je sais que ces hommes—quels qu'ils soient—ne sont pas là pour une visite de courtoisie. S'ils veulent Clyde, je le leur laisse.

Le tir de chevrotine rebondit sur leur armure et crépite dans la pièce. Je serre les dents et me tais tandis qu'un éclat de chevrotine me touche à l'épaule et à la jambe.

J'ai vu pire, c'est rien comparé à ma migraine.

Je me réfugie dans le patio lorsque Clyde se met à hurler. J'entends des pas lourds, le martèlement de bottes métalliques résonne sur le parquet, l'un des monstres se dirige vers moi.

J'abandonne ma pseudo-cachette, me redresse et cours, mettant en pratique le plan que j'avais imaginé, non pas de fuir avec ma vidéo comme initialement prévu, mais de sauver ma peau. Clyde continue de hurler à l'agonie mais je ne me retourne pas. Je cours, une créature à mes trousses. Je perds le compte du nombre de fois où je fais des détours, prends des raccourcis ou essaie de me cacher. Il me suit, comme s'il était équipée d'un radar…

Merde. Je touche les cicatrices sur mes tempes et maudis le sort, Dieu et le prince extraterrestre qui m'ont abandonnée. C'est une balise de reconnaissance. C'était censé être un putain de traducteur linguistique ! Le bruit des parasites s'est atténué mais il est toujours présent, il s'agit de leur langage. Comme promis par la gardienne Egara, je comprends de mieux en mieux au fur et à mesure que j'écoute. Sauf qu'ils ne parlent pas à haute voix comme des gens normaux, mais via une sorte de fréquence que mes nouveaux implants comprennent. Ce n'est pas de l'anglais, mais je les comprends à la perfection.

« Trouvez la femme. On doit la ramener chez nous.

– Elle se trouve à vingt mètres environ par rapport à notre position. On la capturera dans trente-trois secondes et demie.

– L'homme humain est mort. Attrapez la femme. On

doit ficher le camp de cette planète avant que la coalition ne repère notre vaisseau.

— Dix-neuf secondes si on se base sur sa position et vitesse actuelles.

— Augmentez la vitesse.

— On augmente de cinquante pour cent. »

Je pense brièvement à la gardienne Egara et à ses affirmations concernant la maîtrise de la langue grâce aux implants. Elle avait raison. Si je survis, je lui adresserai un mot en guise de remerciement.

Dix-neuf secondes avant que cette *chose* me capture ? Je cours plus vite que je n'ai jamais couru de toute ma vie, heureusement que je me suis efforcée de courir cinq jours par semaine, je percute une immense poitrine de plein fouet. Etourdie, je lève la tête, plus haut, sa peau est argentée, je pousse un hurlement.

4

*P*rince Nial, Terre

LA FEMME dans mes bras lève les yeux vers mon visage et pousse un hurlement, comme si elle était aux mains des hordes de la Ruche. Elle se débat, elle me frappe et me tape, je suis soulagé. Je l'ai reconnue grâce au dossier du protocole des épouses que le Docteur Mordin a reçu avant son transfert. Avant son transfert *avorté*. C'est ma partenaire, ma femme. Ça ne fait aucun doute. Je *sais* qu'elle m'appartient, même sans l'avoir jamais vue. Elle est terrifiée mais vivante. Et incroyablement belle.

Je sens l'odeur riche en fer de son sang, la colère coule dans mes veines, une bataille fait rage, c'est la première fois que ça m'arrive. Une fois encore, c'est la première fois que je protège ma partenaire. Elle est effrayée et blessée. J'ignore l'état de ses blessures. Il faudra que je la déshabille et que j'inspecte le moindre centimètre carré de son corps au plus vite.

La simple idée de la toucher, de découvrir ses formes, me donne une érection. Je me remémore le rêve de la cérémonie d'accouplement et sais instinctivement ce dont elle a besoin, mais ce n'est pas le moment. Le danger qu'elle a encouru m'a presque rendu fou, mon corps s'emballe en sentant la douce odeur de sa peau et le parfum fleuri de ses cheveux blonds et brillants. Ces longues mèches ne sont pas blond foncé comme celles de mon peuple, mais beaucoup plus claires, on dirait du soleil liquide. Ma lumière dans l'obscurité. Tout ce que je sais, c'est qu'elle sera à même de dompter le monstre que les implants cyborg voulaient faire de moi.

En parlant de monstre, la créature qui la pourchassait n'a plus longtemps à vivre. J'entends les éclaireurs de la Ruche discuter, ils parlent un étrange langage fait de bips et de bruits, on dirait des insectes bourdonnant sous mon crâne.

J'ai jamais aimé ce bruit, mais là je l'adore. Il nous a guidés, Ander et moi, vers ma partenaire.

Je me penche et la regarde droit dans ses yeux bleu clair, semblable au ciel de son pays. « Jessica Smith, n'ayez crainte. Il ne vous sera fait aucun mal.

– Comment connaissez-vous mon nom ? Vous faites partie de la bande ? » Elle écarquille les yeux, arrête de se débattre et regarde brièvement mon pantalon et mon t-shirt noirs, ainsi que la veste en cuir que j'ai achetée pour dissimuler mes armes terriennes. Ces armes sont totalement inutiles contre un cyborg. Je le réduirai en pièces de mes propres mains. J'ai plutôt hâte qu'il arrive en fait.

Elle regarde par-dessus son épaule, elle tremble mais ne panique pas, ses petites mains agrippent mes énormes biceps, elle me tire pour me forcer à bouger. « Il arrive… dans dix secondes. Neuf. Merde. Il faut partir d'ici. »

Je fais non de la tête et l'abrite derrière moi. « Je ne fuis pas face à la Ruche. Je vais le tuer pour toi. »

Si j'arrive à l'impressionner avec ma force et mes aptitudes au combat, elle me permettra peut-être de la posséder sans être influencée par le collier de partenaire Prillon. Nos colliers de mariage nous attendent à bord du cuirassé du commandant, ils ne nous serviraient à rien ici sur Terre. Jusqu'à ce qu'on rentre, seule l'essence d'accouplement contenu dans mon sperme peut persuader Jessica de m'accepter, mais pour que ça marche, il va falloir que je m'approche d'elle et enduise sa peau de sperme.

Des bruits de bottes me tirent de ma rêverie de baiser ma partenaire, je pousse un rugissement pour prouver que je suis prêt à affronter le soldat de la Ruche qui vient de se pointer à l'angle même où je me trouvais. Il s'arrête net et me dévisage.

Leur conversation augmente d'intensité mais je n'en ai cure, tandis que j'avance vers mon ennemi.

Derrière moi, ma partenaire se prend le front à deux mains et s'agenouille. Elle pousse un gémissement de douleur.

Leur communication la fait souffrir. Je fonce sur le cyborg, je vais le couper en deux, mais il prend ses jambes à son cou comme un trouillard. Je ne peux pas me lancer à sa poursuite, pas avec une partenaire effrayée, affaiblie et vulnérable. Je m'agenouille et elle s'agrippe à ma chemise, comme si j'étais son sauveur, son partenaire.

Je ressens son profond besoin de moi, je suis déterminé à gagner sa confiance et son affection. Je veux qu'elle me saute dessus par choix et envie, non par crainte de la Ruche. J'ai envie qu'elle me touche parce que je le sens dans son sang, ce n'est pas un simple besoin de survie de sa part. Mais ce lien fragile me suffit pour le moment. Elle me permet de prendre soin d'elle, de la mettre en sûreté et de panser ses blessures.

Frustré d'avoir laissé échapper ma proie mais déterminé à m'occuper de ma partenaire, j'ai laissé l'éclaireur s'échapper, je n'ai pas oublié sa tête, je finirai bien par tomber sur lui. Il *va* mourir ; c'est une simple question de temps.

J'inspecte la zone pour m'assurer qu'aucune menace ne pèse aux alentours avant de prendre ma partenaire dans les bras. Elle se blottit contre ma poitrine, seul le fin tissu des vêtements terriens empêche la chaleur de ses formes voluptueuses de pénétrer mon corps glacé. Je regarde ses seins, je sens sa peau chaude, un désir irrépressible m'envahit. J'ai une érection douloureuse et pousse un grognement en guise d'avertissement, tandis qu'elle s'agite. J'embrasse son sein sous son chemisier et elle se fige.

« Qu'est-ce qui vous prend ? Lâchez-moi ! »

J'ai pas envie de renoncer à ses seins ronds, je me force à lever la tête. J'ignore ses protestations et me dirige vers le point de rendez-vous dans un parc avoisinant dont on a convenu avec Ander. On y a garé la voiture de la gardienne Egara. Dès notre arrivée au centre de transport, la gardienne nous a aidé à nous procurer des vêtements et des moyens de télécommunications primitifs que les humains appellent téléphones portables. Le mien vibre dans la poche de ma veste.

J'enclenche l'appareil bizarre que la gardienne a programmé pour chacun de nous et attends un changement de bruit, signifiant que l'appareil de télécommunications est activé.

« J'écoute. »

J'entends distinctement Ander. « Deux éclaireurs de la Ruche sont venus au domicile de l'humain. Je les ai tués tous les deux.

– Parfait. J'en ai vu un mais j'ai pas pu me lancer à sa poursuite.

– Il va revenir chercher les autres. Je vais l'attendre et le suivre jusqu'à son vaisseau. » La voix grave d'Ander s'entend nettement et ma partenaire a arrêté de gigoter pour écouter notre conversation.

« Parfait. Trouve son vaisseau et tue-le. Prends son processeur. Je veux savoir ce qu'ils fichent sur Terre.

– Je vais le déchiqueter, comme les autres. »

J'envie la satisfaction qui se lit dans la voix d'Ander. Il a vécu le plaisir suprême de déchiqueter le corps d'un éclaireur. Je meurs d'envie de ressentir ce soulagement. Seule

l'annihilation totale de notre ennemi viendra à bout de la colère qui fait rage dans mes veines.

Ou copuler comme une bête avec une femme consentante, expurger toute ma colère en pilonnant violemment son sexe humide et accueillant...

Ma partenaire se trémousse, inspire brièvement, je la regarde, mes envies de sexe cèdent la place à la stupeur. « Brûlez les corps. Il faut les détruire. Leur vaisseau idem. »

J'écarquille les yeux.

« Pourquoi ? » Détruire les corps de la Ruche est un processus long et compliqué. Leurs pièces métalliques mettent des heures à fondre sans les incinérateurs adéquats. Leur vaisseau n'est pas un problème. S'il ne s'autodétruit pas, on fera en sorte qu'il percute l'étoile de la Terre et se consumera instantanément. Si le vaisseau de la Ruche se trouve dans les parages, on mettra les corps à l'intérieur et on organisera un beau feu d'artifice.

« Mon peuple ne dispose pas de leur technologie. Nos ingénieurs sont brillants. Ils peuvent absolument tout rétro-concevoir. Ces *choses* doivent être entièrement détruites. »

Je soupire, résigné à me ranger à l'avis de notre partenaire. La Terre est un nouveau membre de la coalition, elle est considérée comme une planète primitive. Ils n'ont pas encore libre accès aux armes ou à la technologie de la coalition. En fait, ma présence sur Terre viole l'accord instauré par la coalition pour protéger la Terre de la Ruche. La Terre se trouve hors des limites de portée des hommes politiques et des ingénieurs de la coalition œuvrant avec les gouvernements sur Terre. Les humains ont du mal à intégrer que leur petite planète soit pour le moins insignifiante, parmi plus de deux cents systèmes solaires. La race humaine est peu nombreuse et pourtant, ils se chamaillent pour un rien, sous-estiment leurs femmes et n'ont aucun respect pour leur planète.

« Tu as raison, Jessica Smith. On ne peut pas faire confiance aux humains. » Donner libre accès à la technologie de la Ruche aux gouvernements humains serait bien trop dangereux. Les humains n'auraient de cesse de s'entretuer, malgré la menace que représente la Ruche. Ils ne sont pas prêts à gouverner.

J'appuie à un endroit de ma chemise.

« J'ai fait en sorte que Jessica puisse nous entendre, Ander. Faisons ce qu'elle dit, on va charger les corps sur leur vaisseau et l'envoyer dans les étoiles. De façon à ne laisser aucune trace à leurs ingénieurs. »

La voix d'Ander me parvient via un petit haut-parleur intégré dans ma chemise. « Qui est cette femme, pour oser donner des ordres aux guerriers Prillon ? »

Jessica pousse un cri de surprise en entendant la question d'Ander, mais ce n'est rien comparé au choc que produisent mes paroles.

« Notre partenaire. »

Ander garde le silence plusieurs secondes, le pouls de Jessica va crescendo tandis qu'il s'adresse directement à elle. « Sois la bienvenue, partenaire. Je suis Ander, ton second ; anéantir tes ennemis est un devoir et un privilège. Je te rejoins. Le plaisir que tu éprouveras en voyant leurs têtes séparées de leurs corps sera ma plus belle récompense. »

Mon second a des talents de poète ?

Je regarde la réaction de Jessica face au vœu solennel d'Ander. La perplexité la plus totale se lit sur son visage.

Un groupe de tueurs de la Ruche a tenté de la tuer. Je la tiens dans mes bras—j'ai l'air tout aussi menaçant que les gars de la Ruche—et je lui annonce qu'elle est notre partenaire. Ander va tuer ses ennemis et la posséder, sa récompense sera son soulagement. Ça fait beaucoup de données à intégrer, même pour une femme Prillon. Mais pour une terrienne ? Il est surprenant qu'elle ne se soit pas encore évanouie.

On sent qu'elle est touchée, mais pas comme je m'y attendais. Je sens son excitation aussi nettement que le sang de ses blessures. L'odeur de sa chatte humide est une drogue qui m'irradie jusqu'à ma verge en érection. Si elle n'était pas blessée, je l'aurais prise là, maintenant. Pour qu'elle soit à moi pour toujours.

Elle se mord la lèvre, j'ai trop envie de la goûter, j'ai du mal à me concentrer sur ce qu'elle dit.

« Je ne comprends pas ce qui se passe. »

Pas étonnant.

Elle est perplexe, ses sourcils se rapprochent en une forme adorable, j'ai déjà vu cette expression sur le visage de Dame Deston, quand elle se disputait avec ses partenaires. J'aimerais me pencher et embrasser le sillon qui se creuse entre ses sourcils mais je reste immobile tandis qu'elle m'examine avec un intérêt tout nouveau.

« Tu leur ressembles. Quel est ton peuple ? Pourquoi l'ont-ils tué ? ton ami parle d'un second ? C'est quoi ce bordel ? Vous avez fait le serment de tuer mes ennemis. Je ne connais aucun extraterrestre, et je ne me connais pas d'ennemis. Et sa récompense ? Je ne comprends pas de quoi il parle, que ça va me procurer du plaisir et… »

Elle s'interrompt et me dévisage à nouveau.

« Il voulait dire baiser ? » Je la soupçonne de lire le désir dans mes yeux, je ne fais rien pour m'en cacher. Elle doit prendre conscience de notre connexion, de l'envie viscérale que j'ai d'elle. Ce programme d'accouplement est vraiment incroyable, c'est bien ma partenaire, ça ne fait aucun doute. Je l'ai su dès que je l'ai vue. Ça s'est confirmé quand je l'ai prise dans mes bras. Notre connexion sera effective lorsque la cérémonie d'accouplement sera terminée. Je n'ai pas besoin de porter un collier virtuel autour du cou pour savoir qu'on est liés, c'est dans l'ordre des choses. C'est tout simplement incroyable.

Mon Dieu, j'ai une envie folle de la pénétrer et de la faire hurler. J'ai envie de voir ses seins se balancer. J'ai envie qu'elle devienne folle à force d'orgasmes. J'ai envie que sa chatte dégouline, j'ai envie de la branler avec ma langue, j'ai envie d'enfoncer mes doigts dans son cul, qu'elle ne puisse plus tenir en place, me supplie et s'abandonne.

« Oui, baiser. Entre autres. »

J'avais complètement oublié Ander à l'autre bout du fil, sa douce réponse me fait rugir de désir. Elle écarquille les yeux mais Ander se reprend, sa voix est posée quand il reprend.

« Prends le véhicule et occupe-toi de notre partenaire. Je vais m'assurer qu'il n'y ait pas de danger, on se rejoint près du moyen de transport. »

Il se déconnecte, j'intime l'ordre à mon sexe de se calmer. Ma partenaire est dans mes bras, elle saigne. Je lui expliquerai quel est son nouveau statut après avoir soigné ses blessures, ses cours seront émaillés de plaisir.

J'ai bien fait de choisir Ander pour second. Il n'a peur de rien, il est fort, le serment qu'il a fait à Jessica prouve qu'il mettra un point d'honneur à se débarrasser de ses ennemis. Je lui fais confiance pour éliminer les corps et le vaisseau de la Ruche. Nous ne commettrons pas l'erreur de prendre le contrôle de leur vaisseau, son maniement est bien trop perfectionné pour qu'on s'en sorte, on tomberait tout crus dans les mains de la Ruche.

Plus jamais. Plutôt mourir que permettre à un autre membre de leur race de me toucher.

Non, Ander va détruire leur vaisseau, je vais ramener

notre partenaire au centre de recrutement des épouses humaines et à la gardienne Egara. Si mon père n'a pas déjà verrouillé les stations relais dans l'espace, comme je le subodore, ma partenaire sera bientôt en sûreté à bord du navire de guerre du Commandant Deston.

Je me tape un petit footing, je me fiche qu'on me voit—mi-homme, mi-machine, les Terriens du moins—mais la nuit est calme. Je passe telle une ombre devant un grand quartier d'habitation. Des voitures, les véhicules de prédilection sur Terre, stationnent dans la rue. De grands arbres cachent la lune de la Terre, des lampadaires fixés aux maisons diffusent une clarté qui retombent sur la façade des bâtiments, seul point lumineux.

L'air est chaud, il avoisine la température régnant dans le navire de guerre climatisé, mais humide. Le fond de l'air est humide, c'est... étrange. Je n'ai pas l'intention de rester sur Terre assez longtemps pour me pencher sur cette curiosité. Je préfèrerais plutôt me pencher sur—

Jessica pousse un cri et je la regarde. Elle a mal quand je cours. Je stoppe net, m'apprêtant à la poser par terre, la déshabiller et panser ses plaies si nécessaire. « Je sens l'odeur de ton sang, partenaire. »

Elle remue la tête contre ma poitrine.

« Tu le sens ? » demande-t-elle, surprise.

Les autres ne sentent donc pas le sang de leur partenaire, je serai donc le seul concerné, eu égard aux améliorations que la Ruche a effectué sur moi ?

« C'est une simple égratignure. J'ai eu pire. Tu peux me poser maintenant. Je t'en prie. Merci pour ton aide mais tu peux y aller. » Ses mains tremblent et je la fusille du regard, j'essaie d'imaginer dans quelles circonstances une femme a subi d'aussi graves blessures au point que d'avoir son vêtement trempé de sang—son épaule est toute poisseuse de sang coagulé—passe pour une égratignure.

« Y aller ? Tu vas me suivre, partenaire. Je vais m'occuper de toi. Il est de mon devoir de m'assurer que tu ailles bien. »

Elle secoue de nouveau la tête. « Non. Ça peut pas attendre. Pose … pose-moi s'il te plaît. Je dois me tirer d'ici avant que d'autres … *choses* n'arrivent. »

Elle tire sur l'étrange objet noir qu'elle porte autour du cou. Je croyais que c'était un téléobjectif ou autre, j'ignorais qu'il s'agissait en fait d'une arme. Si s'agit bien d'une arme, elle s'en est certainement servie sur l'éclaireur de la Ruche lancé à sa poursuite. Je raffermis ma prise sur ses formes. Je ne la lâcherai pas. Jamais. Mais je comprends sa peur et fais de mon mieux pour l'apaiser et la rassurer.

« Ander va tous les anéantir. N'aie pas peur. Ils ne reviendront pas.

– Ils ? Qui ça, ils ? »

Je me contracte, je m'attendais à ce qu'elle me sorte, *Qui es-tu ?* Mais non. Elle a dû sentir que j'étais inoffensif. Elle a senti que j'étais son partenaire, le mec idéal, mais je doute qu'elle me croit, du moins pour le moment.

« Je vais tout expliquer, mais pas ici, pas maintenant. »

Elle détourne le regard et refuse de croiser le mien, ses mains tiennent fermement la boîte noire pendue à son cou. « Je dois vraiment y aller. S'il te plaît, inutile que tu te retrouves impliqué dans mes problèmes. Fais-moi confiance. Ces machins ne sont pas les seuls sales types à vouloir ma peau. »

Ma partenaire a des secrets, ça m'intrigue. « Des ennemis ? »

Elle hoche la tête.

« Si tu as des ennemis, partenaire, dis-moi qui c'est. Je les élimine sur le champ. »

Elle secoue la tête et soupire. « Tu ne peux pas tuer tout le monde.

– Oh que si. » Elle écarquille les yeux devant ma voix assurée. « Les humains sont petits et faibles. Leurs os sont fragiles, ils se cassent comme des brindilles. » Cette femme a besoin de protection. Elle est petite et apeurée. Fragile. Belle, mais faible. « Je me ferai un plaisir de détruire tes *sales types* pendant qu'Ander s'occupera des autres. »

Elle me sourit, comme si je plaisantais. « Là n'est pas le problème.

– Dis-moi qui sont tes ennemis, femme. Je les détruirai. » La frustration prend le pas sur la fierté et je la regarde de travers. Elle va m'empêcher de la protéger ? Je suis indigne de ce droit le plus élémentaire ?

Elle recule, rejette la tête en arrière et lève les yeux vers moi. « Cet ersatz d'homme est réel ? Qui es-tu exactement, et pourquoi tu m'appelles partenaire ? Tu viens d'Australie ? Tu as l'air loin de chez toi. » Elle me repousse. « Pose-moi maintenant. Je suis pas une poupée.

– Je ne viens pas d'Australie. Je suis le Prince Nial de Prillon Prime, ton partenaire. »

Elle se fige et écarquille les yeux, j'y lis une émotion nouvelle. « Mais ... mais—c'est une plaisanterie ? C'est pas drôle. »

Son air fougueux me fait sourire, mes lèvres la touchent presque et je murmure, « Tu n'es pas un jouet mais tu m'appartiens, je te posséderai. Tu es douce et voluptueuse. Ton odeur me fait bander, j'ai la tête qui bourdonne. Je sens ton sexe, je suis content de constater que tu mouilles à l'idée que mon second élimine tes ennemis. Je suis moi aussi en droit de te protéger et de veiller sur toi, comme tu le mérites. Tu es une partenaire de choix. Tu as été accouplée et possédée, Jessica. Tu te souviens du rêve de la cérémonie d'accouplement, celui avec les deux mecs qui dominaient leur partenaire ? Je vois dans tes yeux que tu sais parfaitement de quoi je parle. C'est ce qui nous unit. Je sais ce dont tu as besoin. Ander va y remédier. On te procurera du plaisir, ensemble. J'ai traversé la galaxie pour toi, partenaire. Je ne te lâcherai pas. *Tu m'appartiens.* »

Jessica Smith fait mine d'argumenter et je l'embrasse avidement, j'ai une envie folle de la baiser. Je ne lui laisse pas le temps de respirer. Je ne veux pas qu'elle respire. Je veux qu'elle ressente la chose, qu'elle en meurt d'envie, qu'elle obéisse.

5

Jessica

PUTAIN DE MERDE, il m'a embrassé. Il a pas juste essayé. Il m'a pas simplement effleuré les lèvres. Il a pris son temps. C'était le baiser, comme il l'a dit lui-même, d'un mec qui a traversé toute la galaxie pour venir à ma recherche. Il est venu de Prillon Prime pour moi et pour ce baiser. Toute son énergie s'est focalisée sur mes lèvres. Il m'a embrassé avec l'énergie du désespoir.

Il est peut-être seul, parce qu'on lui a refusé sa partenaire. L'ordre du Prime l'a empêché de me rejoindre, et vice versa. Il me désire, je l'ai compris à sa façon de me rouler une pelle. Il a le goût d'une épice exotique, venue d'on ne sait où, j'ai pourtant l'impression de le connaître. J'ai failli fondre de plaisir, je me suis livrée à lui.

J'ignore combien de temps a duré le baiser. Tout ce

que je sais c'est que j'ai le feu au corps—et on s'est à peine embrassés ! La minuscule douleur provoquée par mes blessures s'ajoute à la sensation de mes nerfs à vif. Etonnamment, la douleur m'aiguillonne, j'ai envie de lui.

Malheureusement, je n'aurais pas droit à plus. Pas maintenant, en pleine rue, avec mon dos ensanglanté et un prince extraterrestre qui me porte dans ses bras comme si j'étais ce qu'il y a de plus précieux dans tout l'univers.

Il est immense, baraqué comme un joueur de football américain. Il est habillé comme un motard version bad-boy, en cuir noir et t-shirt noir moulant faisant ressortir ses épaules et son torse massif, j'aimerais le déshabiller et le lécher. Ses vêtements moulants lui collent à la peau.

J'aurais jamais cru que c'est un extraterrestre, mais en regardant ses traits anguleux de plus près, l'étrange lueur métallique de son visage et de son cou, je me demande comment je ne m'en suis pas aperçue immédiatement. Il a les cheveux blonds, un œil doré foncé, l'autre un peu plus clair, comme s'il portait une lentille de contact. Sa peau d'une couleur étrange disparaît sous le col de sa chemise et je me demande si sa peau est différente, quelle est la proportion de peau plus claire. La couleur n'est pas surprenante, on dirait qu'il s'est pulvérisé un spray argenté et que son corps est pailleté.

J'ai envie de le goûter.

Ses muscles impressionnants me font sentir petite, faible et très très féminine. Je mesure un mètre quatre-vingts et ne suis pas coutumière du fait.

Sa taille me donne peut-être envie de me fondre en lui, mais mon attirance est probablement due à son baiser torride.

Vu son regard après son baiser, il n'avait absolument pas plus envie que moi de mettre un terme à ce baiser. Ce n'est pas le moment, il regarde alentour, il le sait pertinemment.

Nous rejoignons la voiture et il m'installe sur le siège passager de la petite berline, il boucle ma ceinture et vérifie qu'elle est bien attachée, comme si j'étais une gosse, et non pas une femme tout à fait capable de s'occuper d'elle-même. Je ne moufte pas tandis que ses larges mains effleurent mon ventre et ma hanche en bouclant ma ceinture. Sa chaleur suffit à repousser la sensation de froid qui m'envahit.

J'ai failli être tuée par ces trucs extraterrestres, l'adrénaline commence à redescendre, je ne vais pas tarder à m'effondrer. Mes blessures me font mal, je sens mon cœur battre dans chacune de mes plaies. Mes muscles sont endoloris et tremblent, je me concentre pour respirer profondément. Mes mains tremblent et je frissonne, je suis gelée.

Il m'installe et fait le tour côté conducteur. Je réprime un fou rire tandis qu'il essaie de caser son immense carcasse derrière le volant minuscule, la voiture est visiblement trop petite pour lui. Un désodorisant senteur fleurie est posée sur la ventilation, un ange gardien est suspendu au rétroviseur, la voiture sent la lavande. « À qui est la voiture ?

– À la gardienne Egara. » Il allume le moteur et met le chauffage. Merci mon Dieu. Je claque des dents depuis que je ne suis plus au chaud dans ses bras.

« C'est elle qui t'a donné les téléphones portables et les écouteurs ? » demandais-je en posant ma tête sur l'appuie-tête.

« Tu es observatrice, mon épouse. Oui, elle m'a remis cet appareil de télécommunications primitif. »

Il sourit et démarre. Nous ne sommes pas très loin du centre de recrutement des épouses, si c'est bien là qu'il compte m'amener. À vrai dire, je me fiche de notre destination. Il n'a pas l'air de me vouloir du mal, ce qui n'est pas le cas de la plupart des hommes de cette ville. Si Clyde est au courant de mes investigations, les autres doivent l'être aussi. Personne n'ira me chercher au centre de recrutement puisque personne ne sait que j'y suis allée, c'est une bonne idée de planque. Vu ce qui s'est passé avec la gardienne Egara, je lui fais confiance pour jeter un œil sur mes blessures.

Hors de question d'aller à l'hôpital. Plutôt mourir que filer mes coordonnées à leur système informatique. Le cartel a des yeux et des oreilles. Clyde mort, ses sbires du cartel savent certainement que je suis toujours sur Terre, ils viendront me chercher dès que mes coordonnées seront enregistrées dans la base de données de l'hôpital. Je le sais pertinemment.

Je ferme les yeux et m'appuie contre la portière, trop épuisée moralement pour songer à autre chose que fermer les yeux et réfléchir à ce qui se passe. La mort de Clyde est un choc, moins que sa trahison toutefois. Ça me ronge, la douleur, la sensation d'avoir perdu mon innocence me donne envie de pleurer. Il était comme un père pour moi et je lui faisais une confiance aveugle. Je passe pour la petite fille qui a toujours fait confiance à son papa parce qu'elle était trop naïve, trop jeune pour comprendre que l'homme qui lui tenait la main était un monstre.

Clyde a été mon commandant pendant deux ans. Il m'a

prise sous son aile, m'a formée au tir, à me défendre, m'a encouragée à me sentir invincible, à me battre. Il m'a fait croire que nous œuvrions pour le bien dans le monde, que nous faisions la différence au combat entre le bien et le mal. Et pendant tout ce temps, il mentait. C'était le diable en personne et je n'y ai vu que du feu.

La douleur s'intensifie quand j'y pense, et remue le couteau dans la plaie. Comment est-il devenu si maléfique ? Pourquoi ne m'en suis-je pas aperçue ? J'aurais dû. Ou du moins, avoir des soupçons. J'ai peut-être tout simplement fermé les yeux.

J'étais vraiment si faible et désemparée pour ne rien remarquer ?

Je me suis toujours fiée à mon instinct, mais cette fois-ci, mon instinct m'a trahie. Ça me blesse au plus haut point. J'ai l'impression d'être sur un terrain instable, je déteste ça.

Clyde est mort aux mains de la Ruche. J'ai été sauvée par mon partenaire et son second, Ander. Mon partenaire ! Son arrivée, la présence de l'homme idéal dans tout l'univers me concerne tout particulièrement. Il conduit, je suis à sa merci.

Et sa carrure ! Il est plus grand que tous les hommes que j'aie rencontrés, plus déterminé. Plus ... tout. Il remarque que je l'observe et plisse les yeux, avant de reporter son attention sur la route. « Ne t'inquiète pas. La technologie de la Ruche ne va pas te contaminer.

– Quoi ? » Me contaminer ? Il est dingue ? Je n'aurais pas dû monter dans la voiture ? Je pourrais sauter à un stop mais il me rattraperait. Il est indubitablement plus grand, plus fort, plus entraîné et il me surveille de près.

Il fait la grimace, il serre le volant, comme s'il allait le casser. « La technologie de la Ruche ne te fera aucun mal.

– De quoi tu parles ? Le truc argenté ? »

Il me regarde d'un air étonné, surpris par ma réponse, je n'ai franchement pas la moindre idée de ce dont il parle. « Oui. J'ai été capturé par la Ruche et torturé par leur équipe 'spéciale implants' pendant des heures. La plupart ont été enlevés. Ce que tu vois est définitif. Je porte leur marque sur mon épaule, mon dos et ma jambe. »

Je suis vraiment désolée pour lui. La Ruche a vraiment fait des dégâts. J'ai entendu trop d'histoires de tortures et de souffrances des soldats tombés derrière les lignes ennemies. Et je suis bien placée pour savoir que certaines blessures ne se voient pas.

« C'est dangereux ?

– Non.

– Ça fait mal ?

– Non.

– Ok. » Je hausse les épaules et regarde la route. « Et donc ? Ça t'a rendu super rapide ou doué d'une force surhumaine ? Tu guéris plus vite et tu as le dessus lors d'un combat ? » Je frissonne, je me demande tout ce que je pourrais faire avec des tas d'implants cyborg. Je serais comme les femmes bioniques puissance dix. Je m'achèterais un costume et jouerais à la super héroïne pour de vrai. Ce serait top. Je serais habillée en noir de la tête aux pieds et j'enverrais ces sales types aux oubliettes.

Il garde le silence un très long moment, je me retourne vers lui.

« Oui. Je suis bien plus fort que la majorité des guerriers. Les implants accroissent ma vitesse de réaction. » Il me regarde, l'air perplexe. « Tu poses de drôles de questions. T'as pas peur de moi ? »

J'éclate de rire. Je suis dans sa voiture, blessée, un horrible monstre extraterrestre a essayé de me tuer. « Tu es la chose la moins effrayante que j'ai affrontée ces jours-ci. »

Il me jette un regard noir, je regarde les arbres défiler par la fenêtre.

Génial. Je l'ai insulté. Je le connais depuis dix minutes à peine et j'ai déjà mis les pieds dans le plat. Il m'a déjà reprise une première fois. Que fait-il ici ? Avant que je ne me retrouve coincée sur ce fauteuil d'examen au centre de recrutement, et que mon transfert ait été annulé, j'avais ressenti de l'exaltation et de l'excitation, j'avais hâte de le rencontrer. Et maintenant ? Je n'éprouve aucun soulagement. Aucun espoir. Je me sens blessée. Trahie.

Qu'est-ce qu'il fout ici ? Que s'est-il passé ? Une personne est susceptible de lui convenir ? Je veux connaître la réponse, mais ma fierté m'empêche de lui poser la question. *Il* est là en personne, mais qui est Ander ? Un second ? Qu'est-ce que ça veut dire ? Et pourquoi Ander, cet étrange homme extraterrestre, est si obsédé par moi—j'ai jamais rencontré d'extraterrestre—il est prêt à tuer et s'en vante ?

Ce qui me tarabuste surtout, c'est pourquoi est-ce que ça m'excite ? Je n'aime pas trop les gros bras en général. Voire, pas du tout. Je suis très bien toute seule. D'après mon expérience, les hommes sont trop narcissiques pour supporter une femme au caractère bien trempé. Ils veulent des gamines gnangnan qui se pâment devant eux et leur disent qu'ils sont des bêtes au lit, qu'ils sont beaux et forts, le sempiternel bla-bla que ces hommes écervelés ont envie d'entendre.

J'ai pas le temps pour ça. J'ai été soldat pendant quatre ans. Mon père était flic, il s'est fait tuer quand j'avais seize ans, une histoire de drogue qui a mal tourné. Ma mère est morte d'un cancer quatre ans plus tard. J'ai grandi sans frère ni sœur ni œillères. Je sais qui je suis, je sais que je ne suis *pas* le genre de femme pour laquelle un homme—ou un extraterrestre—est prêt à traverser toute la galaxie. Merde alors, aucun homme n'a jamais traversé la ville pour moi. Mes parents vivaient dans un monde bien réel. À dix ans, je savais déjà ce qu'était la drogue, la prostitution et la corruption. D'où l'importance de mon combat pour la justice.

Sans combattant, le monde irait à vau-l'eau. La corruption et le mal sapent les fondements-mêmes de notre société. Que des hommes tels que Clyde y contribuent me rend furax, je bouillonne de rage et de frustration. Je suis une battante. J'ai remonté aux sources de l'argent de la drogue, écrit des articles sur la corruption à tous les niveaux, j'ai toujours refusé les pots-de-vin.

Ma récompense ? J'ai été arrêtée, inculpée et condamnée à épouser un guerrier extraterrestre inconnu.

Jusque-là, il ne m'a rien fait de mal. Ouais, je suis bizarre. Butée. Volontaire. Trop grande, trop franche. Je me suis engagée dans l'armée pour apprendre le combat rapproché, au lycée j'ai appris à me servir de mon cerveau. Je ne fais pas semblant, je ne mens pas, et je ne crois pas les mecs. Jamais.

Ces mecs débarquent d'un coup d'en seul, il se comportent comme des hommes des cavernes, me sauvent des griffes de mecs louches et il faudrait que je mouille ?

C'est quoi mon problème ? J'ai jamais eu besoin d'un homme pour me tirer d'affaire. J'ai pas besoin d'un homme. Même pour le sexe, un bon gode fait amplement l'affaire. Mais ce baiser…

« Je perds la tête.

– Tu es blessée et sous le choc. Ne t'inquiète pas, partenaire, ton esprit est intact. »

Ok, monsieur l'extraterrestre canon. « Au sens propre ?

– Je comprends pas ta question.

– Peu importe. C'était quoi ces trucs, exactement ? » Je tourne la tête, ouvre les yeux et observe l'homme qui a empêché ma capture. Son visage est bien dessiné, ses traits sont plus anguleux que ceux d'un humain mais non moins séduisants. On dirait une montagne coincée dans un dé à coudre dans cette voiture, mais il conduit d'une main experte, c'est fascinant, je suis certaine qu'il n'a jamais conduit de véhicule terrestre.

Peu importe que la vue de ses mains me donne envie qu'il me touche, qu'il effleure mon corps et me fasse jouir. Et ce baiser ? J'ai envie de lui. Putain de merde, n'importe quelle femme sensée aurait envie de lui. Il est grand et fort, je ressens des sentiments que je n'avais jamais éprouvés auparavant, comme de l'admiration. Du respect. Il est en partie une machine. D'après le récit de sa capture, la Ruche s'est servie de lui comme cobaye, une partie de lui restera une machine. C'est totalement dingue.

Malgré ça, il est splendide, bien musclé et baraqué, il pourrait affronter un grizzly à mains nues et gagner. Sa drôle de peau brillante m'attire tel un phare. J'ai envie de le toucher, de le découvrir, de tester son corps différent, de goûter cette peau qui le rend plus fort et plus rapide que tous les autres. La Ruche a voulu créer une arme, ils en ont fait un formidable ennemi.

J'aimerais m'installer sur ses genoux et avoir ma part. Je l'imagine en train d'en toucher une autre, la prendre aux bras, tuer pour ses beaux yeux, la protéger, parler de la baiser... je vois rouge. Je ne sais pas vraiment ce que j'attends de lui. Mais l'idée qu'une autre femme le touche est tout bonnement inacceptable.

Hormis ma réaction vu son côté sexy en diable et sa stature, et le fait que je mouille, ce qui fait de moi une fille totalement superficielle et chaudasse, je me sens ... en sécurité.

Je me sens protégée et en sécurité, comme avant que mon père ne se fasse descendre. J'ai appris ma première leçon de vie quand il s'est fait abattre—personne n'est jamais en sécurité, et aucun homme ne sera jamais assez fort pour me protéger. Je refuse d'accueillir les sentiments qu'il provoque en moi, je n'ai pas besoin d'un homme. C'est mon mantra. *Je n'ai pas besoin d'un homme.*

Dieu merci, Nial se met à parler, je pensais ne pas avoir besoin d'un homme mais ma libido cherche le moyen d'obtenir un autre de ses baisers hyper torrides, venus du fin fond de la galaxie. Je mouille de plus en plus, je sais qu'il le sent. Comment, je l'ignore, mais ses narines sont dilatées, il a un regard de braise, je me concentre à nouveau sur la route.

Ma réaction envers cet être mi-homme mi-machine est bizarre. J'ai trop envie de lui. Ce besoin, ce désir me rappelle ce que j'ai ressenti quand j'étais sous l'emprise de la C-bomb, alors que je ne voulais être accro à personne, homme y compris.

Je suis accro ? Ça fait cet effet d'avoir un partenaire, on devient accro ? On quémande leurs caresses, leurs attentions ? Si c'est le cas, ça va pas me plaire. C'est certain.

« Les créatures que tu as rencontrées sont des éclaireurs de la Ruche, dit-il, en me tirant de mes pensées. J'ignore ce qu'ils faisaient ici. »

J'ai oublié ma question.

« La Ruche ? La race extraterrestre qui a forcé la Terre à intégrer la coalition ? »

J'ai lu tout ce qui me tombait entre les mains concernant la Ruche, peu importe les moyens—légaux ou pas. Les Terriens savent en général ce qu'on a bien voulu leur dire. Une race extraterrestre était sur le point de nous attaquer, la Coalition des Planètes Interstellaires s'est pointée et a placé notre planète sous sa protection en échange de soldats et d'épouses. La coalition se fiche de la provenance des recrues, seul le quota importe. Les extraterrestres n'en ont rien à foutre que les gouvernants sur Terre envoient des criminelles comme moi ou des épouses. Non contents de s'assurer la protection de la coalition, les gouvernants sont bien heureux de se débarrasser des pires rebuts de la société.

Apparemment, les extraterrestres ont revu dernièrement leurs standards à la hausse puisque ma candidature a été rejetée. Une voleuse passe encore. Une meurtrière ? Pas de problème. Mais moi ? Non. Ça me fait l'effet d'une gifle, ça me fait plus mal que n'importe quelle blessure de guerre.

« Que faisait la Ruche ici ? » Ma voix coupante est en

partie due à la sensation de rejet de ma candidature. « C'est sûrement... à cause de vous. » J'agite ma main dans sa direction. « Ils ne nous ont jamais rien fait ici, sur Terre. »

La Terre leur envoie des épouses et des soldats, en échange, la coalition nous protège de la Ruche. Si les forces armées extraterrestres sont incapables de faire leur boulot et de tenir la Ruche à l'écart, les Terriens doivent en être informés.

Je passe la bandoulière de mon précieux appareil photo et les preuves qu'il contient par-dessus ma tête et le pose par terre, entre mes pieds. J'ai dû le vexer, mais je m'en fiche. Je viens de me faire tirer dessus par un ami et j'ai été pourchassée par un de ces *trucs*, les éclaireurs de la Ruche. Pourquoi ?

« Tu poses trop de questions, partenaire.

– Je ne suis pas ta partenaire, répliquais-je. Réponds à ma question. »

Il grogne ! Il grogne, ses yeux lancent des éclairs tandis qu'il lâche le volant d'une main et la glisse dans son froc. Il se branle, une fois, deux fois, trois fois, sort sa main et la tend vers moi.

Beurk ! C'est quoi ce bordel ?

Je me recroqueville pour tenter de lui échapper mais je n'ai nulle part où aller dans cette petite voiture et il est immense. Il saisit mon avant-bras nu et je sens un truc glissant et humide sur ma peau. *C'est dégueulasse !* Qu'est-ce qu'il fout putain ?

J'essaie de résister à cette caresse perverse mais il me tient comme dans un étau. Pas fort, mais il ne me lâchera pas. Pour une raison ridicule, il m'empêche de frotter le sperme sur ma peau. C'est ainsi.

« Qu'est-ce que tu fous ? criais-je.

– Je partage mon fluide avec ma partenaire.

– T'es un taré ou un vrai pervers ? OK, tu embrasses super bien et tout mais en général, les mecs ne se branlent pas devant des inconnues. Je répète donc pour la deuxième fois. Qu'est-ce-que-tu-fous ? »

Il me sourit au lieu de répondre. Son regard est la chose la plus effrayante qui m'ait été donnée de voir de toute la journée. Il incarne la possession absolue, totale. « Je m'assure que tu sois mienne. »

6

« Je— »

Je suis à deux doigts d'aller lui dire d'aller se faire foutre, c'est vraiment le truc le plus puant et le plus dominateur que j'ai jamais vu, et pourtant, j'ai fait l'armée. De quel droit me parle-t-il ainsi ? Pour qui se prend-il pour oser me toucher ? Il se branle et—une fois qu'il m'a bien fait comprendre que j'étais désirable—il m'enduit de sperme. C'est dégueulasse, zarbi et vachement pervers et —

La sensation d'humidité sur mon bras se mue en une chaleur qui inonde mon sang et file droit vers mon utérus. Mes mamelons se dressent et mon vagin se contracte, j'ai trop envie qu'il me pénètre. Le désir coule dans mes veines comme un rail de C-bomb et je lèche mes lèvres, je halète lorsque je m'aperçois que je fixe sa bouche depuis plusieurs secondes maintenant. Le désir monte. J'ai envie de lui. De lui seul. Son étreinte, qui me paraissait alors étouffante et contraignante, se fait ... protectrice.

Bizarrement, je sens son odeur boisée, j'ai envie de me blottir contre lui et de le lécher de partout. J'ai envie de sucer sa bite. J'ai envie ...

Je zieute son érection prononcée dans son pantalon, j'ai trop envie de lui. Mon vagin se contracte, j'ai trop envie de sentir sa bite me pénétrer.

« Qu'est-ce que tu m'as fait putain ? Tu essayes de me droguer ? T'as pas le droit de te servir de là C-bomb pour te taper une fille ! »

Il me toise et repose ses mains sur le volant.

« J'ignore ce qu'est la C-bomb.

– T'ignores ce qu'est la ... et c'est quoi ça alors...? »

Il ignore ma question et nous arrivons sur le parking du centre de recrutement des épouses. La première fois, j'étais entrée par la porte des volontaires, menottes aux poignets, je n'avais pas vu l'entrée principale. Le bâtiment est quelconque et le parking désert.

Je défais ma ceinture, prête à bondir à la seconde-même où la voiture s'arrête.

Je fais trois pas mal assurés lorsqu'on me soulève du sol. « Non ! Pose-moi ! »

Je gigote mais il est tout en muscles. Et en métal.

« Tu es blessée. Je vais t'examiner, partenaire. Et la leçon sera terminée. »

La leçon ? Quelle leçon ? J'ai envie de me mettre en colère, de le forcer à me poser mais mon corps en a décidé autrement. Étrangement, son odeur m'attire, impossible de l'ignorer. Je n'ai plus *envie* qu'il me pose, qu'est-ce que ça signifie ? J'ai pris un coup sur la tête ? J'ai perdu trop de sang et je délire ?

Je deviens folle ?

Je tremble de partout, les trois pas que j'ai fait prouvent que je suis bien plus faible que je ne l'imaginais.

Nial me porte devant l'entrée du centre de recrutement et appuie sur l'interphone situé à l'extérieur du bâtiment. On nous ouvre immédiatement, comme si la gardienne attendait notre arrivée.

Les portes se referment, je cède au désir, j'enfouis le nez sur le cou chaud de Nial et m'enivre de sa senteur musquée. L'odeur puissante me donne le frisson, je ferme les yeux. C'est un excellent moyen d'oublier la douleur qui empire à chaque seconde.

J'ouvre les yeux lorsque j'entends des pas précipités. La gardienne vient vers nous, elle porte un jean et une tunique eu lieu de l'uniforme de la coalition. Ses cheveux détachés lui arrivent aux épaules, elle ne doit pas être bien plus âgée que moi.

« Vous êtes très jolie. »

Pourquoi j'ai sorti ça ? Je suis saoule ou quoi ?

Elle rougit, visiblement ravie du compliment, elle fixe Nial des yeux et les détourne aussitôt, comme si sa présence la mettait mal à l'aise. C'est peut-être le cas. Elle le voulait peut-être pour elle. Je ne peux pas lui en vouloir. Si elle le désire... autant que moi, elle a probablement envie de lui sauter au cou.

« Merci, Jessica. » Elle me regarde des pieds à la tête mais j'ai reçu une balle dans le dos, elle ne risque pas de voir grand-chose, hormis mes vêtements tâchés de sang. Elle regarde Nial. « Elle est durement touchée ?

– Oui. Je ne connais pas encore l'étendue des

blessures, elle n'a pas sa langue dans sa poche mais elle s'affaiblit, elle est en état de choc. Vous disposez d'un caisson ReGen ici ? »

Je me demande ce que c'est, mais j'ai pas la force de le lui demander.

« Non. J'ai seulement une petite baguette ReGen, pas un caisson d'immersion complet. Suivez-moi. » Elle pivote sur ses talons et s'éloigne en trottinant, Nial la suit à longues enjambées tandis qu'elle nous conduit vers les salles d'examen que j'ai aperçu lors du recrutement. La gardienne indique une grande table d'examen. « Allongez-la ici. On va la déshabiller. »

Quoi ? Non.

Nial m'allonge comme si j'étais en porcelaine. C'est attentionné de sa part, jusqu'à ce qu'il saisisse le col de ma chemise noire et la déchire en deux, la descend sur mes bras et la jette par terre comme un vulgaire chiffon.

« Hé ! »

Je me couvre de mes bras, mais il ne me regarde pas comme lorsque je l'ai percuté en pleine rue. Son regard est dénué de chaleur et empreint d'une précision toute médicale.

Il ne répond pas à ma protestation, retire mes chaussures et les jette au sol avec un bruit sourd. Il pose ses mains sur les jambes de mon pantalon et le déchire en deux au niveau de l'entrejambe sans effort, comme un mouchoir. Il appuie sa main au milieu de ma poitrine, me force à me pencher avant de me remettre debout. Je prends appui sur mes coudes, il tire d'un coup sec sur les deux morceaux de mon pantalon, je suis nue, hormis un petit soutien-gorge et un slip rose pâle à pois noirs et en dentelle. C'est inhabituel pour une tenue camouflage mais quand on est la seule fille parmi autant de mecs, les dessous en dentelle et les froufrous sont ma seule fantaisie. Aucun homme ne s'intéresse à moi—je suis susceptible, butée et garçon manqué —la lingerie est mon péché mignon.

Nial me dévore des yeux, je suis allongée sur la table froide, les bras croisés sur la poitrine en un mouvement instinctif qui me fait immédiatement me sentir en position de faiblesse et vulnérabilité. Ça ne me ressemble pas. Je ne bats pas en retraite devant un homme. Doucement, je baisse les bras et relève le menton. Je suis allongée sur la table d'examen et sens le sang poisseux sur mon épaule et ma cuisse. Je le dévisage, il croise à nouveau mon regard, un regard de défi. *Vas-y regarde*, pensais-je. *C'est pas pour autant que tu vas me toucher.*

« Qu'est-ce qu'elle a ? » La gardienne Egara se place entre nous et je suis soulagée de ne plus avoir à soutenir le regard intense de Nial. Je concentre toute mon attention sur la gardienne. Je me sens mieux en ignorant totalement le géant extraterrestre penché sur moi, tel un homme alpha dominateur et surprotecteur, je n'ai pas besoin d'un type pareil. Je m'adresse à la gardienne.

« Un calibre douze. Mon ancien patron visait les éclaireurs de la Ruche mais un éclat a ricoché. J'en ai un dans l'épaule et un dans la cuisse. J'en ai peut-être d'autres mais je ne les sens pas. » J'essaie de bouger et je m'aperçois que ça me fait vachement mal après être restée immobile un moment, comme si je devenais froide et raide. Je grimace, la douleur m'arrache un sifflement et je m'affale.

Je suis encore musclée à force d'avoir escaladé des murs et porté de l'artillerie lourde dans le désert. J'ai travaillé dur pour garder la forme, heureusement. Si je n'avais pas couru régulièrement depuis ma démobilisation, les éclaireurs de la Ruche m'auraient eue.

« Je suis désolée pour votre voiture. »

Elle fronce les sourcils. « Ma voiture ?

– Le siège est plein de sang.

– Oh. C'est bon. Je m'en fous. »

La gardienne pose sa main sur mon biceps, l'autre sur ma hanche et j'essaie, sans succès, de réprimer un gémissement de douleur tandis qu'elle m'aide à me mettre sur le côté. Elle est bien plus petite que moi, ses bras et ses épaules sont plus minces, elle est plus fragile et féminine.

Nial s'approche immédiatement, ses larges mains me soulèvent sans toucher mes blessures afin qu'elle puisse voir où j'ai été blessée.

Je suis grognon et je saigne, mais je suis pas une garce. La réaction bizarre—cette excitation subite—que j'ai eue en voiture, s'est estompée, mais me revient au contact de ses mains. La simple sensation de ses paumes me donne chaud. Je savoure sa force, étrange et troublante à la fois, puisque je ne compte en général que sur moi-même. Je n'ai besoin ni de l'aide ni de la force de personne. J'ai toujours été forte.

« Merci, » dit la gardienne en faisait rouler une desserte auprès d'elle. Elle se tourne vers Nial, qui me maintient toujours tandis qu'elle désinfecte et bande mes plaies. Je n'ai pas envie de voir ce qu'elle me fait.

« Ça va faire mal. » Ses mots sont le seul et unique avertissement, je sens un long objet en métal pointu s'enfoncer dans ma chair. Comme des pinces à épiler ?

« Dépêchez-vous. » Je grimace et empoigne le bord de

la table. J'ai besoin d'agripper quelque chose, de saisir du concret tandis qu'elle farfouille dans ma chair.

Une large main chaude enveloppe et serre mes paumes tremblantes. C'est Nial. Je me retiens comme une désespérée alors qu'elle farfouille, comme si elle essayait de couper un steak, et non pas d'enlever un éclat.

« Vous n'auriez pas de quoi anesthésier ? De la Lidocaïne ou— » Elle creuse en profondeur et je respire entre mes dents serrées. « —whisky ?

– Impossible. Désolée. » Sa voix est calme et sincère tandis qu'elle poursuit son œuvre. « Ces médocs risquent d'interférer avec la baguette ReGen. »

J'ignore ce qu'est une baguette ReGen, et à vrai dire, je m'en fiche. Mais je commence à compter lentement dans ma tête jusqu'à cent. Ce n'est pas la première fois que je suis sur le billard, et ce n'est pas la blessure la plus moche que j'ai récoltée. Ça fait un mal de chien mais c'est supportable. Mes cicatrices prouvent que je suis déjà passée par là. Je ne me sens jamais à l'aise nue devant un homme avec toutes ces cicatrices et imperfections …

J'ouvre les yeux, je suis curieuse de voir la réaction de Nial face aux blessures de mon dos et ma cuisse. Comme prévu, son regard passe d'une blessure à l'autre. Je m'attendais à y lire de la curiosité ou du dégoût. Pas de la colère.

« Qui t'a infligé ces blessures, partenaire ? » Il croise mon regard et serre les mâchoires. Les veines de ses tempes et de son cou saillent d'émotion. « Dis-le que je le tue. »

Je ris et pousse un cri lorsque la gardienne, qui vient de me retirer un premier bout de métal dans l'épaule, fouille vigoureusement dans ma cuisse.

« Tu veux tuer la Terre entière on dirait, rétorquais-je les dents serrées.

– Je tuerai la civilisation entière pour te protéger. »

Ok. Il est un peu trop à fond à mon goût. « Pas besoin de tuer qui que ce soit. C'était un EEI en Irak. »

Il touche une cicatrice longue de trois doigts sur ma cuisse et je frissonne. « C'est quoi une EEI, partenaire ? Je ne comprends pas. Pourquoi t'ont-ils attaquée ? »

Je retiens mon souffle tandis que la gardienne retire le deuxième éclat de ma jambe et replace la pince sur la desserte. Le souffle court mais soulagée que l'épisode des fouilles à caractère médical soit enfin terminé, je réponds dans un souffle. « C'est un Engin Explosif Improvisé. C'est— j'indique la marque sur ma cuisse, —un clou de dix centimètres.

– Où l'attaque a-t-elle eu lieu ? »

Je hausse les épaules. « C'est la guerre, Nial, ça explose de partout. Les gens meurent. » Comme le simple soldat qui était à côté de moi quand on a sauté sur cette mine il y a trois ans. C'est lui qui a été le plus touché, il est mort dans mes bras.

« Les femmes ne font pas la guerre. »

Je lève les yeux au ciel. « Sur Terre oui.

– Alors il est temps qu'on t'arrache à cette planète. Vos hommes sont des idiots. »

Que répondre à ça ?

La gardienne s'est éloignée, elle revient avec une petite baguette qui ressemble à la télécommande de ma télévision, dotée d'un embout lumineux bleuté. Elle la passe sur la blessure de ma cuisse et je soupire, on dirait que la lumière pénètre à l'intérieur de mon corps, ça chauffe, ça fait du bien, c'est parfait. Je ne ressens plus aucune douleur, je regarde ma peau, complètement cicatrisée, bien qu'encore maculée de sang.

« Oh, mon Dieu. C'est ahurissant. »

Elle sourit et la déplace sur mon épaule, le soulagement est quasi instantané. « Vous me pardonnez de ne pas vous avoir anesthésiée ?

– Oui. » Je pousse un grognement, la douleur a disparu. Je baisse la tête et pousse un profond soupir. Mon Dieu ça fait du bien.

Je devrais lâcher la main de Nial mais je ne suis pas prête. Pas encore. J'ai envie de rester comme ça encore une minute sans penser au cartel, à Clyde, ou à ces trucs de la Ruche qui me pourchassaient. J'ai envie de me sentir bien, la main chaude et solide à la fois de Nial me fait du bien. Je ne ressens plus aucune douleur et il me… rassure.

Mais je ne suis jamais contente, je n'ai plus besoin de me soucier d'être tuée ou pas, je dois passer à la vitesse supérieure. J'ai à faire. Mon répit était de courte durée.

Je dois envoyer les dernières photos à mes contacts de la police et aux médias. Je dois terminer ce que j'ai commencé. La mort de Clyde ne tardera pas à être découverte. Je veux m'assurer que la fièvre médiatique serve à quelque chose.

« J'ai besoin de mon appareil. » J'essaie de m'asseoir mais suis prise de vertige et serre la main de Nial, il m'empêche de tomber de la table.

« L'étrange boîte noire que tu avais autour du cou ? Demande Nial.

– Oui. » J'essaie de m'asseoir de nouveau mais une large main me tient la nuque. Je lève les mains pour que Nial ôte ses mains chaudes de ma peau sensible mais il ne bouge pas et j'atterris contre lui.

Contrariée, je regarde son visage totalement impassible. La force et l'assurance qui se lisent sur son visage me donne le frisson, je suis obligée de lui demander la permission de me lever. « Je l'ai laissé dans la voiture. Je dois le récupérer. C'est important. »

Il me regarde d'un air chaleureux. Peut-être parce que je ne lutte plus et me colle à lui. « Ander te l'apportera quand il arrivera. »

Ander. Le second, quel qu'il soit. Je l'avais oublié.

« Quand ? » Je secoue la tête et repousse la main de Nial. « J'en ai besoin maintenant. On pourrait le voler. Je dois vraiment le récupérer.

– Tu ne sortiras pas d'ici, partenaire. Tu dois te reposer en vue du transfert.

– Quoi ? Quel transfert ? Non. Non. Non. Je n'irai nulle part. »

Il étrécit les yeux. « Tu es ma partenaire. Tu iras où je te dirai d'aller. »

Je réprime un rire et ça fait un sale bruit. C'est ma blessure, ma déception qui se cache derrière ce son fragile. « Non. Tu as eu ta chance et tu m'as rejetée. Par conséquent je suis libre. J'ai rempli ma part du contrat des épouses. Je ne te dois rien. Je ne t'appartiens plus. C'est terminé. »

Il plisse encore plus les yeux, il n'aime pas être contredit. Je sens sa colère et sa frustration, que rien ne laisse présager dans sa façon de me toucher.

« Je me fiche des contrats que tu as sur Terre, femme. Tu m'appartiens, tu es ma partenaire. Mon père a refusé ta venue. Je n'y suis pour rien, j'étais vraiment furax lorsque je l'ai découvert. Rien n'a changé, hormis le fait que j'ai été obligé de venir te récupérer. Que les choses soient claires.

Tu n'as pas été *rejetée*. Je ne t'abandonnerai pas. Tu m'appartiens. »

J'inspire profondément, histoire de rétorquer mais la gardienne Egara, visiblement très mal à l'aise, lève ses mains en l'air. « Je vais chercher l'appareil photo dans la voiture. Personne n'y verra que du feu. C'est ma voiture après tout. »

Je m'adresse à elle, bienheureuse de ne pas devoir me conformer à la version quelque peu extrémiste de Nial. « Merci.

– Y'a pas de quoi. » Elle sort de la pièce, la grande porte coulissante se referme derrière elle dans un chuintement.

Je célèbre ma petite victoire pendant cinq secondes. Je réalise que je suis à moitié nue et toute seule avec un guerrier extraterrestre qui croit—le plus sérieusement du monde—que je lui appartiens.

7

Ma partenaire tremble sous ma main, son corps svelte est superbe, je me retiens de lui arracher ses petits dessous roses, de goûter ses seins ronds et sa douce chatte.

Ses cicatrices et son regard m'empêchent toutefois de céder à mes pulsions. Elle a été soldat, son corps en porte les stigmates, elle a appris à ne plus faire confiance. Le refus de mon père l'a profondément affectée. Elle a des doutes à mon égard, elle doute de mon désir. La liste des raisons qui me poussent à haïr cet homme se rallonge. Personne n'a le droit de s'interposer entre un homme, son second et leur partenaire.

Je vais lui prouver que ses doutes n'ont pas lieu d'être, ce n'est pas en étant trop attentionné que je conquerrai son cœur. Elle est blessée et terrorisée, en dépit des apparences. Elle s'est légèrement radoucie dans la voiture quand j'ai enduit sa peau avec mon sperme. Le pouvoir de la semence est légendaire, il lie les femmes à leurs partenaires, mais les femmes Prillon ne réagissent pas de la même façon que ma petite humaine. Sur Prillon Prime, les femmes sont excitées par le sperme de leurs partenaires, avec le temps, ça prend plusieurs mois en général, elles meurent d'envie d'avoir des contacts charnels avec leurs partenaires. Mais ce lien nécessite du temps.

Pas ma Jessica. Sa réaction a été spontanée et fascinante, j'avais une envie folle de la baiser, là, dans la voiture.

Le Commandant Deston m'a prévenu, j'ai bien vu comment sa partenaire a réagi aux composés chimiques contenus dans son sperme et celui de son second durant leur cérémonie d'accouplement. J'ai vu leur partenaire se tortiller et les supplier de continuer, mais je n'avais pas vraiment pris conscience du pouvoir conféré par cette union sur une femme humaine jusqu'à ce que j'étale quelques gouttes de sperme sur le bras de Jessica.

Je me suis à peine branlé trois fois, ça m'a suffi pour éjaculer. J'ai tellement envie d'elle.

J'ai voulu l'attendrir en la prenant par le bras et en y faisant pénétrer le liquide transparent, je voulais l'apaiser, de façon à lui faire entendre raison lorsque le moment de s'accoupler sera venu. Elle a réagi en quelques secondes à peine, l'odeur de sa chatte a envahi l'habitacle. Ses pupilles étaient dilatées, elle me dévorait des yeux, elle me dévisageait comme si elle voulait me toucher.

J'ai envie de sentir ses mains sur moi, je le désire plus que tout, plus encore que monter sur le trône. Elle me dévisage, guérie mais néanmoins secouée, à moitié nue mais pas effrayée, et ma bite palpite encore plus. Ô Dieux, elle m'appartient.

Elle a eu l'air contrariée d'être excitée dans la voiture mais je bénis ce lien, que mon sperme renforcera. J'attendrai le temps nécessaire, je gagnerai sa confiance et son cœur. Son corps s'est déjà rangé à l'idée que nous avons vraiment été accouplés, et si je dois en passer par la séduction pour la faire succomber, je me montrerai impitoyable concernant le plaisir que je lui procurerai.

Le temps et la cérémonie d'accouplement auront raison de ses doutes. Elle s'est laissée aller dans mes bras, douce et docile, elle a accepté mon baiser, avant qu'elle n'entre en contact avec mon sperme.

Je t'aurai, ma fière épouse guerrière.

Je dois la traiter eu égard à son rang, une créature mécontente et en détresse craignant la poigne de fer d'un partenaire dominateur. C'est flagrant, et je la connais à peine. Elle argumente et lutte, se débat et m'invective mais ce ne sont que des mots, c'est sa façon de se protéger. Elle a dû se créer une apparence revêche adaptée aux hommes de sa planète, c'est inutile avec moi. Les hommes humains sont de toute évidence des abrutis ayant trahi sa confiance. L'arrogance de mon père est pire qu'une insulte.

Rien n'a d'importance tandis qu'elle est allongée sur la table, faible et tremblante, dans mes bras. Je dois interpréter son besoin de se raccrocher à moi comme un signe favorable et peut-être inconscient, je suis bien son partenaire, son refuge. Je dois chérir ce lien ténu avec douceur et affection.

Elle n'est plus blessée, son corps est totalement guéri mais l'angoisse se lit dans ses yeux clairs. Elle scanne la pièce où nous nous trouvons avec nervosité et se lèche les lèvres en me dévisageant, ne sachant pas ce que je lui réserve. Qu'elle s'agrippe à moi est une bonne chose ; elle se croit intouchable, elle attend simplement que la gardienne revienne avec son appareil photo.

« Ne bouge pas, Jessica. »

Je prends son silence pour argent comptant, je suis satisfait et me dirige vers un évier situé de l'autre côté de la pièce. Je remplis un récipient étrange d'eau chaude et savonneuse et prends un chiffon doux posé sur une étagère.

La baguette ReGen a guéri ses blessures les plus graves, la vue de sa peau douce maculée de sang m'est insupportable.

Je retourne près de la table et imbibe la serviette d'eau.

« Tu es bouleversée. Il s'est passé plein de choses en l'espace d'une heure. C'est une période d'adaptation. Tu as dû comprendre que je ne te voulais aucun mal. Tu es en sécurité avec moi. Je ne permettrai à personne de te toucher ou de te faire du mal. Tu me permets de prendre soin de toi ? »

Elle me regarde, elle m'observe, elle s'attarde sur ma peau argentée, survole mon œil doré et l'autre, argenté, finit par ma bouche. Elle se rend compte qu'elle reste focalisée dessus, son attention se distrait, son regard coupable croise le mien, d'un air interrogateur tout d'abord, puis, tout bien réfléchi, elle arbore un air résolu. Elle hoche la tête et je l'aide à s'asseoir, la table d'examen est maculée de sang.

Je fais rouler un petit tabouret à roulettes près de la table et pose son pied sur ma jambe afin de nettoyer le sang qui a coulé le long de sa cuisse.

Ma méthode n'est pas parfaite mais je la nettoie de mon mieux, tout doucement. Elle me permet de la regarder, de lui accorder de l'attention et de m'occuper d'elle en tant que partenaire. Ça n'a rien de sexuel, ça ne viendra que renforcer notre lien déjà puissant.

Je lave sa jambe et sa cuisse. Le sang a coulé jusqu'à la naissance de ses fesses, je me lève, fais en sorte qu'elle se penche vers moi, son front repose contre mon épaule tandis que je nettoie son épaule et son dos. Je descends le long de son dos superbe et me demande si elle frissonne à cause de l'eau froide qui s'évapore ou à cause de moi.

La gardienne Egara revient avec l'appareil photo au moment où j'enveloppe ma partenaire dans une serviette propre et sèche, je la prends dans mes bras et m'assoie sur l'unique chaise de la pièce. Jessica est confortablement installée sur mes genoux. Elle n'est pas petite pour une terrienne comparée à la gardienne mais elle est parfaitement proportionnée. Elle est douce, pulpeuse et sensuelle à souhait. Elle n'est pas petite et c'est tant mieux. Je n'ai pas envie de la sauter en douceur, je sais que ce n'est pas ce qu'elle recherche. Nous n'aurions pas été accouplés le cas échéant.

Heureusement, Jessica continue de se montrer obéissante, ce qui prouve ô combien elle se sent vulnérable. Elle est certes guérie mais encore fragile. Le ReGen n'est pas capable de restituer l'énergie perdue. Seul le temps et du repos feront leur œuvre, tout comme elle apprendra qu'elle peut me faire confiance, qu'elle sera en sécurité avec moi. J'ai vu son regard de braise lorsque l'éclaireur de la Ruche la poursuivait, ce petit chaton tout tranquille dans mes bras est en réalité une vraie panthère.

Ma partenaire regarde la gardienne entrer et poser l'appareil photo sur le comptoir.

« Merci. » Elle se détend, se blottit contre moi, je bande en la sentant collée à moi. Elle soupire et s'adresse à la gardienne. « Vous auriez un ordinateur ? J'ai besoin de télécharger les photos que j'ai prises aujourd'hui et les envoyer à la police. »

Le regard perplexe de la gardienne m'invite à garder le silence, je me pose la même question qu'elle. « Quelles photos ? »

Jessica répond, la tête toujours appuyée sur mon épaule, « J'étais planquée au Café Solar cet après-midi.

– Oh, mon Dieu. Vous êtes folle ? » La gardienne, qui s'est calée contre le comptoir, sursaute et Jessica se contracte dans mes bras. Je ne m'attendais pas à une telle réaction de sa part.

« Peut-être bien. »

Je regarde la gardienne, ne m'attendant pas à une réponse de la part de mon partenaire. « C'est quoi le Café Solar ? »

Ses lèvres forment un trait, son regard passe de Jessica à moi, comme si elle était en train de prendre une décision colossale. J'adopte un ton impérieux. « Répondez-moi. Immédiatement. »

Jessica lève son bras nu de sous la couverture et rembarre la gardienne, comme pour lui épargner ma colère. Elle se trompe. Ma partenaire est seule concernée par ma colère, puisque je la soupçonne d'avoir risqué sa vie. Ses paroles confirment mes soupçons.

« C'est le lieu de prédilection d'un cartel de drogue.

– *Le* cartel de drogue. Ils dirigent tout le nord-est du pays. Depuis ce restaurant. » La gardienne Egara croise les bras. « Vous *êtes* folle. Ce serait pas un de leurs coups montés pour se débarrasser de vous ? Ils vous abattront de sang-froid. »

La menace qui pèse sur ma partenaire me fait pousser un grognement, Jessica n'en fait pas cas et s'adresse directement à la gardienne.

« Comment savez-vous qu'il s'agit d'un coup monté ? Je ne vous en ai jamais parlé. »

La gardienne lève un sourcil. « Oh c'est bon. Je m'occupe des criminels au quotidien. Je connais la différence entre l'innocence et la culpabilité et je connais votre dossier. La vérité finit par toujours par se savoir.

– Merci. »

Je sens les larmes de ma partenaire.

« Pourquoi tu pleures ? Tu as mal ? » Je la regarde, elle arbore un sourire baigné de larmes.

« Non. C'est juste que personne ne me croit jamais. »

La gardienne remue la tête. « Je n'en suis pas si sûre, Jess. Mais qu'est-ce que ça peut faire ?

– Rien." Jessica essuie ses larmes avec le bord de la couverture, la guerrière forte et résolue est de retour. « Voilà pourquoi je dois télécharger ces photos pour les envoyer aux flics et à mes contacts dans les médias avant qu'ils ne trouvent le corps de Clyde. »

La gardienne ouvre un compartiment dans le mur et apporte une tablette à ma partenaire. « Ça fera l'affaire ? »

Jessica reprend un peu du poil de la bête en voyant la tablette et la pose à côté d'elle, elle regarde comment ça s'ouvre. « Oui. Merci.

– Clyde comment ? »

Jessica grogne. « Clyde Tucker. L'homme de chez qui je m'échappais quand tu m'as trouvée. Lorsque la Ruche m'a trouvée. C'est le maire, le chef du gouvernement de cette ville. Ils ... les trafiquants de drogue l'ont acheté.

– Tucker le maire ? Quelle enflure. Et dire que j'ai voté pour lui. » Le regard de la gardienne Egara aurait pu tuer un guerrier Prillon sur le champ. Je m'incline devant tant d'enthousiasme.

« Vous feriez une excellente partenaire pour un guerrier Prillon. Vous devriez adhérer au programme. »

La gardienne Egara se mord la lèvre et détourne le regard tandis que Jessica s'adresse à elle. Elle parle d'un ton sec et essaie de se libérer de mon étreinte. Je raffermis ma prise. Elle peut faire ce qu'elle veut tout en restant sur mes genoux. Inutile d'être jalouse pour ce que j'ai dit à la gardienne. Je ne désire pas l'autre femme. La seule partenaire que je désire est entre mes bras, et je ne la lâcherai pas.

Jessica donne une tape sur ma main posée sur sa hanche et s'adresse à la gardienne. « Vous pouvez me passer mon appareil photo s'il vous plaît ?

– Bien sûr. »

Jessica prend l'appareil photo, sort deux câbles d'un compartiment que je n'avais pas remarqué situés à l'arrière de l'appareil photo et les connecte à la tablette. Elle demande à la gardienne le mot de passe Internet et se concentre sur ce qu'elle fait. Les photos apparaissent à l'écran, elle les télécharge et les classe par catégorie, elle envoie des messages et fait le nécessaire. Je ne reconnais ni les lieux ni les personnes sur les photos, ce n'est pas étonnant. Je n'ai rien à voir avec eux, on n'est pas restés sur Terre assez longtemps pour ça. L'essentiel est que Jessica soit saine et sauve, je n'ai rien à faire avec les habitants de cette planète. Le seul humain qui avait l'intention de lui faire du mal est mort, tué par la Ruche.

Mon second s'occupe de la menace de la Ruche et je suis une nouvelle fois reconnaissant envers le Commandant Deston et Dare, son second, qu'Ander se soit proposé. Il a prouvé sa valeur, notre partenaire a couru un plus grand danger que prévu.

La Ruche a abattu Clyde, le maire, c'est bien la première fois que leur action m'apporte satisfaction. J'aurais bien voulu achever le type moi-même. Il a blessé ma partenaire, c'est tout ce qui m'importe.

Elle rédige un message sur l'écran de la tablette que la gardienne lui a prêté. Mon oreillette terrienne sonne, je la touche, un bruit étrange résonne dans la salle.

« J'écoute.

– J'arrive au centre de recrutement dans dix minutes. Comment va notre partenaire ? » Ander arrive, c'est une bonne nouvelle. Plus tôt il sera là, plus tôt notre partenaire sera en sûreté, loin d'ici.

« Elle a été blessée mais elle s'en remettra. Tu as trouvé le vaisseau de la Ruche ?

– Oui. Le dernier éclaireur est mort. J'ai fait en sorte que leur vaisseau entre en collision avec l'étoile de la Terre.

– Tu as bien arraché leurs processeurs internes ? » répondis-je tout en caressant le dos de ma superbe partenaire. Elle se fige sur place, elle écoute ma conversation avec son second.

« Avec un immense plaisir. »

Je rigole. Il faut déchiqueter le corps en deux pour ôter le processeur interne, ces unités spéciales se trouvent en général dans la colonne vertébrale des cyborgs, derrière le cœur.

« Que faisaient-ils là ?

— Leurs ordres étaient simples. Ils cherchaient Jessica. »

Le choc et une rage toute protectrice envahit doucement ma poitrine. « Comment ça se fait ?

— Parce qu'elle t'appartient. Leur objectif premier était de te tendre un piège afin de te renvoyer aux mains de la Ruche, pour achever ce qu'ils ont commencé.

— Plutôt crever. » Ces machines ne me toucheront plus jamais. Je ne gonflerai pas les rangs de la Ruche, je ne vais pas détruire et tuer mon propre peuple.

« Ils le savent. Voilà pourquoi c'est à elle qu'ils en voulaient. »

Le chef de la Ruche est encore plus diabolique que je ne l'imaginais. Je ne me rendrai jamais, plutôt être tué que capturé vivant. Et la femme dans mes bras ? Ma partenaire ?

J'ai à peine goûté à l'un de ses baisers, je ferai tout, je me sacrifierai pour la protéger. Evidemment, la Ruche le sait, je suis responsable d'elle. Du moins c'est ce que croit la Ruche. Ils n'ont pas compris un truc, une partenaire Prillon est tout *sauf* un boulet, ils devront se frotter à non pas un mais deux guerriers Prillon.

Si j'étais venu seul, elle aurait couru un danger deux fois plus grand. Je ne lui aurais pas fait prendre de tels risques. Le rôle d'un second partenaire est sacré et nécessaire. Je ne vais pas le sous-estimer.

« Rentre immédiatement. Elle n'est pas en sécurité sur Terre.

— D'accord. Dix minutes. »

Ander coupe la communication et je regarde la gardienne Egara. Elle se dirige vers la porte. Elle n'a pas entendu la réponde d'Ander, elle regarde mon expression et saisit la poignée de la porte.

« Je vais lui ouvrir.

– Merci infiniment. »

Une fois partie, Jessica se concentre à nouveau sur ce qu'elle faisait. Deux minutes plus tard, elle soupire et se penche pour poser la tablette sur le comptoir. Ce qu'elle doit accomplir sur Terre est important mais passager, une fois sur le Cuirassé *Deston*, ce sera de l'histoire ancienne. Ces petits hommes et leurs crimes feront partie du passé, un passé plutôt moche qui ne l'atteindra plus. Elle tournera la page et se fera à sa nouvelle vie, sachant qu'elle a accompli tout ce qui devait l'être avant de quitter la Terre et de m'appartenir pour de bon.

« Tu as terminé, partenaire ? » je continue de lui frotter le dos à travers la couverture, je suis content qu'elle me permette de le faire. Du moins pour le moment. Je passerai aux choses sérieuses plus tard. Je vais faire en sorte que les composants chimiques contenus dans mon sperme entrent à nouveau en contact avec son épiderme. J'ai aimé sa confiance tranquille et qu'elle accepte cette caresse, mais j'ai hâte de sentir à nouveau son désir. Je dois faire mon possible pour qu'elle se lie à moi. Notre connexion doit être inviolable. Je veux sentir sa chatte trempée et vide, brûlante de désir pour ma bite. Je veux qu'elle me désire.

« Oui. J'espère que ces fils de pute moisiront en prison. »

Je pose une main sous son menton et tourne son visage afin de croiser son regard. J'y lis de la passion et du désir. Je dois tout simplement diriger cette puissance et cette énergie dans ma direction. La tentation de la badigeonner de sperme est carrément irrésistible.

« Quel vilain langage dans une si jolie bouche. » Je fixe ses lèvres roses et charnues, j'entends battre son cœur. Elle se lèche les lèvres et je regarde la profondeur de ses yeux, j'essaie de comprendre ce mystérieux mélange de force et de fragilité, de désir et de tendresse qui habite ma partenaire.

« Pourquoi es-tu ici ? » Elle parle comme si j'étais une énigme à résoudre et qu'elle ne croyait pas à la version de l'histoire.

« Je suis venu pour toi.

– C'est insensé. Tu as fait tout ce chemin jusqu'à la Terre pour moi ?

– Oui.

– Si c'est vrai, t'es complètement malade. Je ne suis personne, juste un coup d'un soir parmi des milliards dans la galaxie. »

Je secoue la tête. « Tu es unique et irremplaçable, la seule femme idéale dans tout l'univers. » J'effleure sa lèvre inférieure, je me souviens de son goût. « Tu l'as senti dans la substance qui a touché ta peau. Ta réaction au fluide contenu dans mon sperme est la preuve du lien qui nous unit, la preuve de notre profonde connexion. Si tu accordes plus de crédit à la technologie qu'à l'alchimie brute, tu n'as qu'à demander à la gardienne Egara le taux de réussite du programme d'accouplement. Quoique tu penses, sache une chose : je suis ton partenaire et tu m'appartiens. Je serai toujours là pour toi. Je serai toujours là pour te protéger. Tout comme Ander, ton second. »

Elle fronce les sourcils. « Quel second ?

– En tant que premier partenaire, il est de mon droit et mon honneur de choisir un second guerrier pour t'aimer et te protéger. Ander est le plus farouche de mes guerriers. Il est tout à fait digne d'être ton second.

– Un second partenaire ? Tu veux dire— » Elle reste bouche bée, elle fait mine de parler mais réalise ce que je viens de dire. Elle me regarde, incrédule. « Tu veux dire que le rêve est bien réel et »

Je la serre plus étroitement contre moi, j'effleure les commissures de ses lèvres. « Tu as deux partenaires, Jessica. Toutes les épouses Prillon ont l'honneur de se voir attribuer deux valeureux guerriers pour les aimer et les protéger.

– Pourquoi ? »

Je l'embrasse sur le front, incapable de me retenir. « Nous sommes des guerriers. Les plus valeureux parmi les planètes membres de la coalition. Nous sommes en première ligne dans la guerre contre la Ruche. Nous combattons. Nous mourons. Nos lois nous interdisent de laisser une partenaire ou des enfants sans protection.

« Et donc ? Vous allez me sauter à tour de rôle ? Je croyais que ce rêve n'était qu'une simulation, un test d'excitation pour enregistrer mes réactions corporelles dans le cadre du programme d'accouplement ou … je ne sais quoi. »

Je dépose un baiser sur sa tempe, encouragé par le fait qu'elle ne se dérobe pas. « Non, mon épouse guerrière. » Je l'embrasse sur la joue. « Le rêve était bien réel mais il concernait une autre partenaire Prillon et ses maris. Je suis heureux d'apprendre que ça t'a excitée.

– Mais—

– On te possèdera tous les deux, nos sexes durs comme de la trique te pénètreront, quatre mains te caresseront et te donneront du plaisir.

– Putain, t'es sérieux. »

Elle pousse un cri de surprise mais je sens son excitation à travers la pièce. L'idée de se faire prendre par deux valeureux guerriers l'excite, c'est normal. On va la goûter avec nos deux bouches, la pénétrer avec nos deux verges, la besogner à quatre mains. On va explorer, goûter et donner du plaisir au moindre centimètre carré de son corps.

L'idée de pénétrer son vagin humide, qu'elle tombe enceinte pendant qu'Ander la sodomise me fait bander et je m'empare de la seule chose qui soit à portée de ma main. Sa bouche.

Son visage est exactement dans la bonne position, je l'embrasse comme si je voulais que son goût demeure à jamais dans ma mémoire. Je ne l'ai ni provoquée ni séduite, je prends ce que je veux, j'attends sa réponse. Mon désir pour elle n'est ni doux ni timide, je suis une bête sauvage qui ne demande qu'à être relâchée.

Je viole sa bouche, tel un conquérant revendiquant ce qui lui appartient, la couverture glisse de ses épaules et atterrit par terre, elle est à moitié nue devant moi. J'enfonce ma main dans ses cheveux et la maintient fermement, sa bouche se place dans un angle parfait. J'explore sa peau de ma main libre, la courbe de sa cuisse, sa hanche, sa taille, la douceur de son sein dans son étrange soutien-gorge rose. J'ai hâte de le lui arracher pour mettre son mamelon durci dans ma bouche.

Elle gémit doucement et je continue de l'embrasser tandis que mon second entre dans la pièce et voit la scène.

La gardienne Egara pousse un petit cri, j'entends le bruit étouffé de ses pas s'éloigner dans le couloir tandis qu'elle referme la porte derrière elle, afin de me donner exactement ce dont j'ai besoin tandis que ma partenaire frémit entre mes bras, et succombe au plaisir.

De l'intimité.

Ander s'approche doucement et j'ouvre les yeux, je lui adresse un léger signe de tête tout en embrassant Jessica sur la bouche.

Il va se joindre à nous, toucher notre partenaire, lui enseigner ce qu'est une épouse Prillon. J'avais dit à Jessica, quand nous étions dans la voiture de la gardienne, que je poursuivrais son apprentissage, le moment est venu.

Ander s'agenouille derrière nous, son regard s'attarde sur les magnifiques courbes féminines de notre partenaire. Il inspire profondément, savoure, tout comme moi, la douce odeur de sa chatte humide.

Très concentré, Ander s'agenouille entre ses jambes tandis qu'elle s'assoie à califourchon sur mes cuisses. Je sais ce qu'il veut, je vais l'aider à l'obtenir.

Je ferme les yeux, savourant l'abandon de notre partenaire, tandis qu'elle passe ses bras autour de mon cou.

8

nder

Notre partenaire est magnifique. Ses cheveux blonds retombent tels une cascade soyeuse de soleil doré sur le bras de Nial. Elle est mince et musclée, sa peau claire resplendit à côté du vêtement noir de Nial, telle une lune parfaite dans un ciel obscur. Ses lèvres s'abandonnent sous le baiser passionné de Nial, j'ai une énorme érection. On dirait une flamme blanche entre ses bras, sa poitrine est couverte par un petit soutien-gorge rose que je rêve d'arracher. Elle a mis ses mains autour de son cou, en plein sur sa peau de cyborg, elle serre le poing de désir, le son agréable du plaisir féminin emplit la pièce.

J'ai une érection du feu de dieu alors que mon regard parcourt ses jambes longues et fuselées jusqu'à son vagin. Je sens son excitation, sa douceur m'appelle tel le chant des sirènes. Je n'ai aucune raison d'y résister.

Il est l'heure pour moi de goûter sa chatte, d'enfoncer profondément ma langue à l'intérieur, mais je sais que si j'agis trop vite, la magie de ce moment sera perdue. Pour le moment, elle fait preuve de tendresse et accepte les baisers et les caresses de Nial. Je vais exploser si je ne la touche pas mais je ne veux pas l'effrayer. Ma taille et mon apparence sont déjà assez inhabituelles, sans parler de mes besoins sexuels impérieux qui me poussent à être trop rapide ou trop vigoureux.

Je suis un homme patient. Je peux traquer ma proie pendant plusieurs jours sans manger ni dormir. Je peux bien attendre quelques minutes de plus pour goûter cette femme magnifique qui sera la mienne pour toujours. *Ma partenaire.*

Elle chevauche les cuisses de Nial, telle une offrande votive, si douce et tendre. Elle n'est pas petite comme la partenaire du Commandant Deston, c'est un réel soulagement. Elle est assez grande pour qu'on la prenne à deux, elle est assez grande pour moi.

Je me suis porté volontaire par deux fois en tant que second partenaire mais les autres guerriers on craint qu'avec ma stature et mes cicatrices, leurs nouvelles partenaires me rejettent au premier coup d'œil.

Me retrouver agenouillé devant ma partenaire est un rêve, c'est trop beau pour être vrai. Elle a voulu de lui avec sa peau de cyborg, elle l'a embrassé avec passion, j'ose espérer qu'elle voudra de moi.

Tout comme moi, Nial est en piteux état, il est défiguré par sa peau argentée et son œil de cyborg et pourtant, elle l'accepte, elle le laisse la toucher. Elle éprouve du désir pour un guerrier arborant des cicatrices de guerre.

Ce n'est pas un rêve, elle est faite de chair et de sang. Je sens l'odeur de miel de son sexe, la douceur de sa peau, j'ai envie d'enfouir ma langue dans sa chaleur moite, la faire hurler de plaisir. Si j'arrive à lui procurer du plaisir avant qu'elle ne voie mon visage, elle passera peut-être outre mes blessures et ne sera pas horrifiée par mon aspect. J'ai bien fait d'utiliser la cabine de nettoyage à bord du vaisseau des cyborgs avant d'envoyer leur vaisseau percuter l'étoile de la Terre. J'ai promis à ma partenaire que j'aurais la tête de ses ennemis, mais je remercie mon instinct de me présenter à elle sans trop de sang sur les mains.

Elle est trop belle est trop précieuse pour être touchée par tant de violence.

J'observe Nial parcourir son corps avec plaisir, ses mains effleurent ses seins, sa taille, ses hanches. Ses mains parcourent ses cuisses, repoussent la couverture de plus en plus bas. Je remarque une longue cicatrice sur sa cuisse, je me demande comment elle se l'est faite, mais l'idée me sort de l'esprit lorsque Nial touche doucement le petit morceau de tissu rose qui recouvre son sexe. Il s'y attarde, il appuie contre le tissu, il frotte son clitoris, s'enfonce dans sa chatte autant que le tissu le lui permet, il branle son clito.

Elle gémit contre sa bouche, ses hanches se pressent plus fermement contre lui sous la caresse, elle plaque ses lèvres contre les siennes, elle explore sa bouche.

Il lui appartient.

Le désir et l'envie me submergent alors que mon membre atteint des proportions douloureuses. J'ai envie de sentir sa langue dans ma bouche. J'ai envie qu'elle gémisse, se tortille et hurle de plaisir. J'ai envie qu'elle

Prise par ses partenaires

sache que c'est *moi* qui la touche. Que c'est moi qui goûte sa chatte. Je veux qu'elle se consume de désir.

Sa réaction aux caresses de Nial est le signal que nous attendions. Il arrache le petit bout de tissu et elle pousse un cri, sous le choc, la bouche emportée par le baiser de Nial.

Nial prend son visage entre ses mains, il l'empêche de regarder son corps, de me voir, afin que nous soyons prêts. Ils se défient du regard tandis que Nial lui chuchote sa demande. Je regarde ses seins roses se soulever au rythme de sa respiration, ses tétons dressés pointent à travers le tissu fin. « Laisse-nous te toucher. »

Mon regard descend et je tombe sur sa chatte trempée, rose et bien en vue, à quelques centimètres de ma bouche avide. Je prie pour qu'elle dise oui. J'ai trop hâte de la goûter, de sucer son clito, de la doigter et la branler avec ma langue. La faire jouir sur moi.

« Nial ? Je ne peux pas. » Elle lèche ses lèvres gonflées. « Ce n'est pas bien. Je … Je ne vous connais pas et… et je… » Elle ferme brièvement les yeux. « C'est … c'est trop. »

Ses paroles me font l'effet d'un coup de poignard mais Nial ne bronche pas.

« Chhut. Il en sera toujours ainsi entre nous. Tu n'as pas à redouter le pouvoir du lien entre un guerrier et son épouse. Ne redoute pas le plaisir que nous allons t'apporter. Laisse-toi aller, Jessica, tu es en sécurité avec moi. Je te promets d'être là. Ander également. N'aie pas peur de t'en remettre à nous. Laisse-toi aller et laisse-nous te donner du plaisir. Laisse-nous te toucher. » Il l'embrasse doucement sur la bouche, avec une tendresse que je n'ai pas, je suis reconnaissant au royaume des Dieux d'accorder deux hommes à nos femmes pour les protéger et leur procurer du plaisir. J'ai envie de la baiser comme un fou. Je pourrais tuer pour elle. Je ne suis pas Nial. Je ne peux pas être tendre et doux. Si je la touche, je vais la dévorer toute crue. J'ai besoin de la posséder, de la conquérir, de gagner son plaisir.

Elle doit me supplier.

La main de Nial glisse sur son cou, ses seins, descend plus bas. La respiration de Jessica se fait haletante tandis que sa main descend vers son bas-ventre. Il s'arrête à quelques centimètres de son sexe, ils se dévisagent. Il l'excite du regard.

« Dis oui, Jessica. » Il l'embrasse une fois. Deux fois. « Laisse-toi aller, dis oui. »

Elle plante ses doigts dans les épaules de Nial, en signe envie ou d'acceptation, je ne sais pas. Elle est aux prises avec elle-même, pas avec Nial, la décision lui appartient. « Oui. »

Il la récompense en glissant sa main entre ses cuisses ouvertes, il introduit deux doigts profondément en elle tout en l'embrassant à loisir.

Elle s'agite sous sa main, son gémissement est une douce musique à mes oreilles, il retire ses doigts, imprégnés de ses fluides. Il écarte sa main de son corps, me laissant libre accès.

Lentement, avec un profond respect, je touche notre partenaire pour la première fois, mes doigts remplacent ceux de Nial. Son vagin se contracte sur mes doigts, son utérus chaud m'accueille chaleureusement.

Je la baise doucement, mes doigts font un mouvement de va et vient et glissent aisément pour lui procurer du plaisir, mais pas d'orgasme. Je veux qu'elle devienne folle en sentant ma langue sur son clitoris. Je veux qu'elle me supplie de la lécher.

Je l'excite doucement, j'explore son clitoris à l'aide du pouce tout en la doigtant, mais je ne m'appesantis pas suffisamment à son goût. Elle pousse un gémissement en guise de protestation, elle ondule des hanches, ouvre la bouche, engloutit la langue de Nial qui ne lui laisse pas le temps de réfléchir, elle ne peut que ressentir. Il maintient sa tête immobile, sa main est profondément enfouie dans ses cheveux, près de son cou. Le contrôle qu'il exerce sur elle me fait bander. On va lui donner exactement ce dont elle a besoin, elle sera d'accord. Elle se soumettra.

Nial baisse sa main libre vers l'étrange vêtement qui recouvre ses seins. Je regarde, fasciné, tandis qu'un outil cyborg sort de son doigt, une lame de rasoir coupe le tissu en moins d'une seconde, se rétracte et disparaît. Le tissu est déchiré en plein milieu, laissant apparaître des seins ronds aux mamelons rose clair. Elle halète, elle baisse sa main sur le cou de Nial pour qu'il la cache.

Nial attrape son poignet et le place derrière sa nuque. Elle se laisse faire, enfouit les doigts dans ses cheveux tandis que sa main se pose en coupe sur son sein, pince et titille ses tétons déjà durcis.

Je la branle plus rapidement et explore son intimité, à la recherche de la zone érogène que possèdent toutes les humaines paraît-il, un point G mythique qui leur procure un plaisir intense. Son vagin est glissant, lisse, chaud, il se contracte sur mes doigts lorsque je le trouve enfin…

« Oh, mon Dieu. »

Jessica abandonne la bouche de Nial et regarde son corps. Elle se fige en me voyant agenouillé, les doigts enfoncés jusqu'à la garde dans sa chatte, la main de Nial sur son sein. « Oh, mon Dieu. »

Elle essaie de serrer les jambes mais je m'agenouille entre elles, mes épaules la force à les garder ouvertes. Je soutiens son regard alors que je retire doucement mes doigts, je les enfonce à nouveau profondément, effleurant le point G qui la rend folle de plaisir.

« Bonjour, partenaire. »

Je la branle plus vigoureusement, elle écarquille les yeux tandis que Nial prend le relais. Il pince ses tétons et mordille son oreille tandis que je la doigte, soulagée qu'elle ne soit pas vierge. Je n'ai pas envie d'être doux. Je ne *peux* pas être doux.

Elle ne me refuse pas, mais elle ne m'accueille pas non plus, elle est toujours tendue. Je ralentis l'allure et dépose un baiser sur son clitoris gonflé, je le lèche tout en respirant son odeur féminine. Si crue, si torride, si parfaite. J'embrasse une cuisse d'une blancheur de lait, puis l'autre.

Elle frémit, se tourne et croise le regard de Nial. « C'est pas juste. Pourquoi—je veux dire—« Jessica secoue la tête, son vagin se contracte autour de mes doigts, réclamant encore mes doux baisers. « Je ne comprends pas. Je ne peux pas avec deux hommes. » Elle serre les cuisses, essayant de les refermer en vain. « Je ne vous connais pas et … oh, mon Dieu, je ne devrais pas faire ça. »

Je souris, la tête contre son vagin et lape son clitoris, j'observe ses moindres réactions. Je sais qu'elle aime ça, non pas à cause de son hésitation, mais parce que sa chatte est littéralement trempée.

« Ander est ton second partenaire. Il te protègera et

t'aimera, tout comme moi. Nous te procurerons du plaisir ensemble. C'est tout à fait naturel sur Prillon. Tu seras aimée et adorée par tes deux partenaires, Jessica. C'est ton droit en tant qu'épouse. » Il lèche ses lèvres tandis que je baisse la tête, je fais de même avec son clitoris. « Tu veux qu'on arrête ? »

Nial attend sa réponse, je suce son clitoris, je lèche sa peau sensible du bout de la langue. Je la suce plus ardemment lorsqu'elle gémit, je doigte son vagin puisque ça a l'air de lui plaire. Vu sa réaction, j'ai apparemment vu juste

« Non. Ne t'arrête pas. » Elle enroule ses jambes autour de ma tête, m'enserre entre ses cuisses, je pousse un grondement d'approbation. Elle s'agite sous la vibration et presse sa chatte contre moi, pour faire en sorte que je la suce plus vigoureusement et plus profondément. « Ne t'arrête pas. »

Sa requête me donne envie de l'attacher et de lui apprendre ce qu'il en coûte d'essayer de donner des ordres mais je n'en ai pas le droit. Pas encore.

Je dois d'abord lui prouver ma valeur. Je dois gagner sa confiance avec mes doigts et ma bouche. Puis, j'obtiendrai son plaisir. Elle me suppliera alors.

Je la suce plus vigoureusement, je la pousse au paroxysme, je la doigte tantôt rapidement et superficiellement, tantôt doucement et en profondeur. Nial fait en sorte que sa tête repose sur son bras, il prend ses tétons dans sa bouche, l'un après l'autre, il l'empêche de bouger en mettant une main dans ses cheveux, afin qu'elle ne puisse pas se soustraire aux besoins que nous avons éveillés en elle.

Il change de position et attrape son membre de sa main libre, je suis le mouvement, je libère mon sexe de mon pantalon et l'empoigne. Je masturbe mon membre en érection avec vigueur tout en tétant le fluide sucré de ma partenaire et en écoutant ses petits cris de plaisir. On doit l'enduire de sperme ; son odeur est suffisante pour que la connexion s'établisse entre nous, pour que le désir s'instaure avec ses partenaires. Une fois qu'elle l'aura sur la peau…

Nous sommes sur Terre, pas chez nous, le pouvoir mental de nos colliers d'accouplement nous aiderait grandement. On doit l'accoupler à nous tant que possible et le plus vite possible. Les composants chimiques contenus dans notre sperme la lieront à nous jusqu'à ce qu'on puisse lui passer le collier d'accouplement.

J'ai hâte d'éjaculer sur elle, je branle ma bite vigoureusement mais inutile de forcer. Le goût qu'elle m'a laissé dans la bouche est suffisant pour me conduire vite et bien au point de non-retour.

Mes doigts sont toujours profondément enfoncés dans son vagin, je me lève tandis que Nial extirpe son sexe de son pantalon et le pose sur son ventre doux. Je besogne son clitoris à l'aide du pouce et regarde son visage tandis que mon sexe qui palpite éjacule un premier jet de sperme bien épais à l'intérieur de sa cuisse, sa hanche et son ventre. Nial suce ses tétons dans sa bouche tout en grognant, il éjacule sur son ventre et se sert de sa main libre pour frotter le fluide sur sa peau laiteuse.

Je fais de même, je fais pénétrer mon sperme chaud dans sa peau, qui l'absorbe comme une éponge. Intrigué,

Prise par ses partenaires

je ne quitte pas son visage des yeux tandis qu'elle rejette sa tête en arrière et ouvre grand la bouche en un cri muet.

Son vagin se contracte sur mes doigts tandis qu'elle jouit dans les bras de Nial, les fluides d'accouplement contenus dans notre sperme ont provoqué un orgasme.

Je la regarde fixement, hypnotisé par le mélange d'agonie et d'apaisement qui se lit sur son visage. Je ne pourrais jamais m'ôter cette image du plaisir de l'esprit. Je n'oublierai jamais ce moment de perfection pure.

Je m'agenouille et suce à nouveau son clitoris, lui procurant du plaisir, ses petits cris se muent en gémissements alors que nous nous comportons comme les partenaires gloutons de Prillon que nous sommes, nous nous servons de notre bouche pour lui procurer orgasme sur orgasme. Nous continuons inlassablement jusqu'à ce qu'elle n'ait plus rien à donner, qu'elle soit complètement détendue, totalement épuisée. Nial l'enveloppe dans la couverture et se lève. J'essuie mes lèvres et mon menton mouillés de son fluide salé et acidulé et emboîte le pas à Nial, il emporte notre partenaire vers le sas de transfert.

La gardienne Egara nous attend. Elle rougit légèrement en nous voyant entrer, elle s'occupe du panneau de commandes situé derrière elle.

« Renvoyez-nous sur le cuirassé du Commandant Deston, ordonne Nial.

– Je suis désolée. Je ne peux pas. Le Prime bloque tout transport au-delà de la seconde zone. »

Je secoue la tête et regarde Nial, qui porte notre partenaire nue et endormie. La tête de Jessica est nichée sous son menton, elle est totalement détendue dans ses bras, elle nous laisse prendre soin d'elle. Mon cœur se gonfle de fierté de savoir que j'ai participé à lui procurer cette langueur bénéfique, cette docilité. Elle n'est plus pâle, ses joues sont encore roses d'excitation et semble désormais dénuée de toute préoccupation, elle se sent en sécurité entourée de ses partenaires.

« Ce qui veut dire que la seule planète que mon père ait laissé accessible dans un rayon de transfert raisonnable au départ de la Terre est la Colonie. »

Je reconnais la rage dans la voix de Nial. Je la ressens également. Le Prime a fait en sorte que nous ne puissions pas ramener notre partenaire chez nous. La ramener sur la Colonie serait dangereux. Toute la planète est peuplée de guerriers contaminés, ceux qui ont été attrapés et *transformés* par la Ruche, comme Nial. Là-bas, les hommes sont tous des parias, capturés, torturés et rejetés par leur propre peuple, abandonnés à finir leurs vies seuls et sans partenaires dans un autre monde.

Je regarde le beau visage et les courbes splendides de notre partenaire, elle risque fort d'être la seule femme de toute la planète. Je connais, avant même que Nial ouvre la bouche, sa décision. Son rang de partenaire principal lui confère toute autorité en pareille situation.

« On n'a pas le choix, Ander. La Ruche la traque. On ne peut pas rester sur Terre. Notre partenaire est en danger. » Nial me regarde et je hoche la tête, je roule des épaules, prêt au combat.

« La Colonie n'est pas pire qu'ici. » Nous emmenons notre partenaire dans un territoire hostile avec nos poings pour seules armes. Si les guerriers exilés sur la Colonie sont en colère, réclament vengeance ou n'aiment pas les nouveaux venus, nous pourrions fort regretter d'y avoir amené notre partenaire.

« On pourrait voler un vaisseau et nous rendre jusqu'au cuirassé *Deston*. » Il regarde Jessica, toujours endormie dans ses bras. « Si on reste là, le danger pour notre partenaire est décuplé. La Ruche enverra d'autres éclaireurs à sa recherche dès qu'ils auront perdu le signal de reconnaissance du vaisseau que tu as détruit. Et ils enverront plus de trois éclaireurs la prochaine fois.

– D'accord. » La sécurité de notre partenaire est entre les mains d'un guerrier Prillon qui a été rejeté à cause d'une flopée de décérébrés de la Ruche.

Nial hoche la tête en direction de la Gardienne Egara. « Envoyez-nous sur la Colonie. »

Nous montons sur la plateforme de transport et regardons la belle femme mélancolique qui nous a aidé à sauver notre partenaire. Ça m'inquiète de la laisser seule, sans personne pour la protéger.

« Faites attention une fois qu'on sera partis. La Ruche pourrait remonter jusqu'à vous.

– Je n'ai pas peur de ces bâtards. » Elle arbore un air rebelle, une colère que je ne lui connais pas. Je la regarde d'un autre œil tandis qu'elle entre notre destination sur le panneau de commandes situé devant elle.

« Vous êtes courageuse et avez le sens de l'honneur. Vous feriez une excellente épouse. » Elle ferait le bonheur de nombreux guerriers avec ses cheveux bruns exotiques et ses yeux chaleureux.

« J'ai déjà donné, merci. » Son sourire triste est la dernière chose que j'aperçois avant que l'énergie du transfert s'empare de nous.

9

Jessica

J'AI FAIT un rêve extraordinaire. Chaud et confortable, mon lit allie douceur et fermeté. Je frotte mon visage contre mon oreiller, j'esquisse un sourire en sentant cette odeur racée et musquée. Une main caresse doucement mon ventre en mouvements concentriques. C'est tellement bon que je fondrais presque, je pousse un soupir satisfait.

« Je commencerai l'examen lorsqu'elle sera réveillée."

Je me fige. Je connais cette voix. C'est Nial. Un étranger répond.

« Je comprends, prince, mais attendre indéfiniment serait dangereux. Les autres peuvent la sentir.

– Elle sent pareil qu'Ander et moi. On l'a tartinée de sperme.

– Peu importe, c'est insuffisant. Elle sent la femme non accouplée, et elle ne porte pas de collier. »

La conversation m'alarme mais je n'ai pas envie de me réveiller. Je n'ai pas envie d'ouvrir les yeux ou de renoncer à ce havre de paix. Et je n'ai pas envie de subir un examen ou un nouveau défi. Je n'ai pas envie de me réveiller devant une salle pleine de mecs qui essaient de me *renifler*. On s'en fout de mon odeur non ? Je sens le shampooing au thé vert et le déo à la lavande, comme d'habitude.

La voix étrange poursuit, « Sur la Colonie, une femme non accouplée est un oiseau rare, des guerriers voudront tenter leur chance.

– Elle nous appartient. » Nial explose, je sursaute. J'ouvre grand les yeux, je ne suis pas dans un lit mais sur ses genoux. Je regarde son torse imposant, sa chemise grise moule ses muscles énormes. Ce doux oreiller n'était qu'un rêve avec Nial—je sais que c'est lui sans même le regarder, son odeur est reconnaissable entre toutes—plus masculin que ça tu meurs. Y compris la bite qui se frotte contre ma hanche.

« Elle est réveillée. Dès qu'elle aura été examinée et sera prête pour la cérémonie d'accouplement, on l'enverra sur la Colonie. Je vous assure qu'on ne va pas traîner, docteur. La Ruche est à ses trousses. »

Ander. Je reconnais sa voix aussi distinctement que celle de Nial. Il a une voix forte, pas effrontée pour deux sous et directe et il est très doué avec sa langue. Je me demande s'il est aussi appliqué dans tout ce qu'il fait ou seulement avec moi.

La main de Nial se fige sur mon ventre. Mon ventre nu. Je m'aperçois que je suis enveloppée dans une autre couverture, de couleur rouge, et non plus celle gris terne du centre de recrutement des épouses. Sa main se glisse entre mes lèvres et me touche. Je ne vois la gardienne Egara nulle part, un homme en uniforme gris est présent, il me dévisage comme si j'étais une extraterrestre. Je ne reconnais pas la pièce dans laquelle nous sommes. Je cligne des yeux, regarde tout autour de moi. Ander porte le même uniforme gris foncé, nous ne sommes plus du tout au centre de recrutement.

« Où sommes-nous ? » Ma voix est rauque, je me racle la gorge.

Nial me donne une légère accolade. « Sur la Colonie, a quatorze années-lumière de la Terre.

– La Colonie ?

– C'est une planète proche de la Terre. Les forces de la Coalition y envoient leurs guerriers contaminés et hors service pour le restant de leurs jours.

– Comment ça, contaminés ? »

Son corps se contracte, ça lui fait de la peine. Je me fie à mon instinct, tout indique que sa réponse est importante.

« Les guerriers qui ont été contaminés. Comme moi. »

Je le regarde d'un air perplexe. « Mais tu sembles normal. Tu as une maladie ou autre chose ? Par quoi as-tu été contaminé ? Des radiations ?

– La technologie de la Ruche. » Il lève sa main et indique le côté gauche de son visage, son œil argenté. « J'en ai aussi sur le dos et la jambe. »

Ander se contracte en écoutant Nial, il me dévisage intensément, comme si ma réaction revêtait une grande importance. Je le regarde l'espace d'un instant. Je n'avais pas encore vu Ander, occupé à me brouter le minou. C'est la première fois que je le vois et il a l'air sérieux, et préoccupé. En tant que femme, le fait de le savoir si inquiet, *à cet instant précis*, est positif. Ma chatte se contracte en pensant à combien il est doué.

Je remarque la cicatrice qui couture *son* profil droit. Elle est épaisse, elle part du sommet de son front, longe son œil au niveau de la pommette, descend le long de sa joue jusqu'au menton. Je suis la cicatrice des yeux, j'imagine une lame s'enfonçant dans la chair, je l'embrasserai tout du long, je lècherai cette cicatrice.

La voix de Nial attire mon attention, je me détourne d'Ander et lui fais face tandis qu'ils expliquent. « La Ruche est notre ennemi, et celui de la Terre. Si un guerrier, de quelque planète que ce soit, est capturé, il est *modifié* pour devenir un combattant de la Ruche. J'ai été partiellement modifié avant d'être sauvé. Mon père, le Prime de Prillon, me considère contaminé par la Ruche. »

Ses doigts se resserrent sur ma peau puis se décontractent.

« Je suis considéré comme perdu corps et biens sur ma planète, un paria, indigne de prendre épouse. » Il détourne le regard, sa honte me mue en colère tandis qu'il poursuit, « Voilà pourquoi mon père a refusé ton transfert, Jessica. Je suis porteur de la technologie de la Ruche, on ne pourra jamais me l'enlever.

– Et alors ? » Je lève ma main vers sa joue, je touche sa peau aux reflets argentés. Malgré sa couleur étrange, elle est d'une douceur et d'une chaleur surprenante. Elle fait partie de lui, c'est aussi simple que ça. « Et qu'est-ce que ça peut faire ? »

Sa rigidité manque de naturel et il me dévisage. À côté de nous, l'étranger n'esquisse pas le moindre mouvement, comme si je les avais tous réduits au silence. Perplexe,

Ander a un regard de braise, son désir brûlant me dévore des yeux. Je frissonne, incapable de réprimer cette sensation de chaleur qui déferle dans mon vagin vide alors que je croise son regard. Je me rappelle de façon frappante son fameux regard, le même que lorsqu'il suçait mon clitoris et me faisait hurler. Je secoue la tête, j'essaie de chasser le mélange d'envie et de perplexité qui s'empare de moi.

« Vous êtes tous des malades. Je ne pense pas avoir envie d'aller sur Prillon, si c'est la façon dont vous traitez vos vétérans. » Je pense à tous mes amis qui ont perdu des membres au combat, qui ont été brûlés par des explosifs, tués, blessés. Ce sont des hommes et des femmes valeureux, des soldats qui ont accompli leur devoir avec honneur, et méritent d'être traités avec dignité et respect une fois rentrés chez eux. Je n'arrive pas à concevoir qu'on puisse envoyer un vétéran blessé dans une Colonie-prison, qu'on lui refuse le droit de se marier et de fonder une famille au simple fait que son apparence a changé. « C'est quoi le problème avec votre peuple ? Vous devriez avoir honte de la façon dont vous traitez vos vétérans. »

« C'est quoi un vétéran ? » L'étranger pose la question, je quitte Ander des yeux pour lui répondre.

« Qui êtes-vous ? » J'ai le droit de savoir, je suis assise à moitié nue dans la même salle que lui et il a l'air de penser qu'il est à sa place.

« Je suis le Docteur Halsen. »

Je le dévisage, je remarque ce même teint halé et son visage anguleux, comme Nial et Ander. Ses yeux ont une couleur ambrée, son uniforme est une drôle d'armure verte, tenant plus de la tenue de camouflage que de la blouse de médecin. Il est immense, environ deux mètres dix. Mais peu importe. Comme dirait Dorothy du magicien d'Oz, chuis plus dans le Kansas.

« Des soldats qui après avoir combattus, retournent dans le civil. »

Il secoue la tête, le désarroi se lit sur son visage. Je soupire. Je réessaie, en langage extraterrestre.

« Des guerriers qui combattent sur le front. Les blessés rentrent chez eux avec les honneurs. On les appelle des vétérans, je suis l'une d'entre eux. » Je tire sur la couverture, tandis que le docteur me regarde avec perplexité.

« Comment est-ce possible ? Les femmes ne font pas la guerre. »

« D'où je viens, oui. Elles travaillent. Elles servent dans l'armée. Elles ne restent pas en plan, à attendre que les hommes les sauvent. » Je lui fais baisser les yeux, très énervée par la façon dont ils traitent leurs soldats en général, et leur attitude misogyne en particulier. Toute cette testostérone bien macho me fait voir rouge. Aucun de ces extraterrestres ne mérite ma fidélité ou ma confiance… sauf Nial qui m'a sauvée des griffes de cet éclaireur de la Ruche. Ok, peut-être Ander aussi, quand il s'est débarrassé du fameux éclaireur.

Le docteur s'approche et je me blottis dans les bras de Nial, sachant pertinemment que je suis nue sous la couverture.

« C'est fascinant. Et *vous* avez combattu personnellement ? » demande le docteur, Ander s'approche, pressé d'entendre ma réponse.

Je hoche la tête. « Oui. Plusieurs fois. »

Nial me serre plus étroitement contre lui, je l'ignore tout en soutenant le regard du docteur, manifestement incrédule, ça se voit à ses lèvres pincées et ses sourcils relevés, inutile de parler.

« Je ne vous crois pas. »

Je pousse Nial et descends de ses genoux. Si cet abruti d'extraterrestre est vraiment un docteur, ce que je vais lui montrer ne devrait pas le choquer.

Je me tiens fière et droite devant lui, la couverture rouge m'enveloppe telle une robe royale. J'avance et repousse mes longs cheveux derrière mes épaules, afin qu'ils ne me gênent pas. « Je me suis pas fait ces cicatrices en faisant des cookies. »

Sans le quitter des yeux, je laisse tomber la couverture au sol et tourne sur moi-même afin qu'il contemple les vilaines cicatrices profondes causées par les éclats qui labourent mon épaule jusqu'à ma taille, ma fesse et ma cuisse. Ander s'approche, visiblement tendu mais Nial avance la main pour lui intimer l'ordre de ne pas s'interposer. Nial croise mon regard, je le défie ouvertement, il a pas intérêt à m'empêcher de remettre ce docteur prétentieux à sa place.

Ils voient mes seins et ma chatte mais je m'en fiche. J'aurais dû lui demander pourquoi j'ai voyagé et suis arrivée nue alors qu'Ander et Nial portent des chemises et des pantalons identiques. Je leur poserai la question ultérieurement, j'ai autre chose de plus important à prouver pour le moment.

Je ne m'expose pas pour exciter ou attirer le docteur. Je l'entends bouger, je lui parle sans quitter Nial des yeux. « Ne me touchez pas. »

Le silence, et puis sa voix, dans laquelle je décèle l'admiration et le respect qui faisaient précédemment défaut. « Ainsi donc c'est vrai. Vous avez été blessée et démobilisée ? Vous êtes une laissée-pour-compte ? Ce que vous appelez les vétérans ? »

Je vais l'étrangler. Je pivote et m'enroule dans la couverture. « Nos vétérans ne sont *pas* des laissés-pour-compte. On les aime et on les traite avec respect. Ils reprennent une vie normale. Nous essayons de les intégrer totalement dans la société. La majeure partie d'entre eux ont des familles. » Devant son air perplexe, je décide de changer de langage et de parler extraterrestre. « Leurs femmes et leurs enfants attendent leur retour.

« Vos proscrits ont le droit de se marier ? » Ander s'accroupit près de moi, il me dévisage avec admiration. Je me penche et pose ma main sur la cicatrice qui barre sa joue, je l'effleure du bout des doigts, je lui fais comprendre que sa cicatrice ne le rend pas moins séduisant à mes yeux.

« Certaines personnes n'apprécient pas les soldats, la majeure partie des gens détestent la guerre qui règne sur Terre, mais pas les soldats en eux-mêmes. Notre peuple traite en général les soldats avec un immense respect. » Je souris et frissonne en m'entendant clamer ma cause, je reconnais les faits tels qu'ils sont, je m'y reconnais pleinement. « Qu'ils soient blessés ou non. »

Le silence des hommes qui m'entourent est étouffant, je retire ma main et m'éclaircis la gorge. Je regarde cette pièce étrange. Elle est circulaire, avec des vitres foncées s'élevant à mi-hauteur jusqu'au plafond. Le sol est gris anthracite, doux comme du marbre. Je n'aperçois pas de porte ni l'extérieur. On pourrait aussi bien être dans un vaisseau spatial qu'à des centaines de mètres sous terre. Impossible de le savoir.

« Qu'est-ce qu'on fabrique ici ? Pourquoi m'avoir emmenée dans cet horrible endroit ? »

La pièce n'est pas horrible, mais d'après ce qu'on dit, la Colonie c'est pas Disneyland. Je me demande à quoi ça ressemble derrière la porte.

« N'aie crainte, partenaire. Nous resterons ici uniquement le temps de s'assurer que tu vas bien, » promet Ander. Il se lève et vient à côté de moi mais il est tellement grand qu'il est obligé de se courber pour croiser mon regard. « Un vaisseau va nous transporter sur le cuirassé *Deston*. Mais avant de partir, le docteur va t'examiner afin de s'assurer que tu sois prête pour la cérémonie d'accouplement. »

Je fais immédiatement barrage. Mes blessures ne me font plus mal. C'est comme s'il ne m'était jamais rien arrivé. Tout va bien, hormis l'intérieur des cuisses un peu tendues peut-être. Je rougis en repensant aux doigts d'Ander qui me branlent. Il m'a baisée. Il m'a procuré orgasme sur orgasme. Non, c'est pas tout. Il aussi posé sa bouche sur ma chatte, m'a sucé, léché, brouté le clito jusqu'à ce que je jouisse. Le dernier souvenir que j'emporterai de Terre est celui où je me retrouve sur les genoux de Nial au centre de recrutement, les bouches de mes deux partenaires me faisant jouir.

Oh, mon Dieu, la Terre. Je ne suis plus sur Terre. Cette pensée est fugace, Ander me fait face et je sens la chaleur de Nial dans mon dos. Ils m'entourent, je ne vois plus l'autre homme dans la pièce. Il ne me manque pas. Son attitude m'a agacée, il a douté de mes capacités parce que je suis une femme.

« Je me sens bien. J'ai pas besoin qu'un docteur m'examine.

– Si, » rétorque Ander. Il se redresse et se dirige vers une table que je n'avais pas remarquée, placée derrière Nial. Ander pose ses mains sur la surface dure. Le docteur, toujours présent, extrait d'étranges objets des étagères alignées sur le mur. Je regarde autour de moi, nous sommes dans une salle d'examen, mon examen était prévu depuis le départ. Ils le savaient tous les trois.

Leur *'on va regarder tes cicatrices'* n'était qu'une excuse. Il s'agit bel et bien d'un examen médical.

Vu le regard d'Ander, il ne risque pas de changer d'avis. Je pointe le menton vers Nial, espérant lui faire entendre raison. « Je me sens bien. Je t'assure. »

Il prend mon visage dans ses mains. « Tu t'es fait tirer dessus, Jessica, t'as été soignée par une baguette ReGen vieille comme Hérode. On aurait dû attendre avant d'entamer le processus d'accouplement mais on ne pouvait pas prévoir que tu réagirais aussi violemment. On ne t'a laissé aucune chance de récupérer après qu'on t'ait aspergé de sperme et transférée à l'autre bout de la galaxie. On ignore si tu as été endommagée pendant le transport. Je n'ai pas confiance en la baguette ReGen qui a servi à cicatriser ta peau ou des lésions internes invisibles à l'œil nu. Nous devons évaluer l'étendue des autres blessures.

– Quelles autres blessures ? Je me sens bien. » J'étrécis les yeux. De quoi il parle putain ? J'ai pas d'autres blessures.

« Tu portes de nombreuses cicatrices mon épouse guerrière. J'ignore si tu es totalement remise de tes blessures de guerre. Nous devons nous assurer que tu puisses tomber enceinte. Qu'on puisse te baiser selon nos envies. Tu as accepté notre sperme. L'accouplement a commencé mais ta réaction était plutôt ... son regard sombre s'emplit d'un désir que je connais bien ... extrême.

– C'est pas bien ? » demandais-je, confuse. Ils ne veulent pas d'une femme passionnée ?

« Nous savions que ton corps réagirait de façon unique, mais les sensations que tu as vécues lorsque nous avons frotté notre fluide sur ta peau ne sont rien comparées à ce que tu vas ressentir lorsque notre sperme sera en toi. »

Mon dieu, je risque de faire un infarctus si c'est encore plus intense. Mes seins se tendent, mes partenaires vont vite comprendre que je mouille.

Ander inspire profondément, je l'entends presque gronder dans la pièce. Putain, il sent que je mouille. Comment ils font ? Je serre les jambes mais je sais pertinemment que c'est inutile.

« On risque de te baiser plusieurs fois d'affilée. »

Je secoue la tête, j'essaie de mettre de l'ordre dans tout ce qui s'est passé depuis les dernières heures. Je me rappelle que Nial me tient et me touche. Je me rappelle le choc que j'ai éprouvé en voyant la bouche d'Ander sur mon sexe, la chaleur de leur sperme quand ils ont pris leurs bites dans leurs mains et m'ont aspergé dans leur simulacre d'accouplement primitif.

Après... tout devient confus. J'essaie de me souvenir qui tenait ma cuisse, qui suçait mes tétons, qui mettait sa main dans mes cheveux et qui me doigtait... tout se mêle en... un plaisir intense à couper le souffle. J'étais perdue, engloutie par ces hommes. Mes hommes, à en juger par leur accouplement. Mes partenaires. Je lève la tête, Nial me regarde de près.

« Tu ressens toujours notre connexion, partenaire.

N'essaie pas de refouler tes désirs. Tu as hurlé dans mes bras, tes cris rauques de plaisir résonnent encore à mes oreilles. Je suis certes très heureux que tu sois si... submergée par notre connexion, mais ta réaction n'est pas celle que l'on attend d'une épouse Prillon. »

Je rougis intensément. Je sens la chaleur me monter au cou et aux joues. Inutile de me rappeler que j'ai adoré ce qu'ils m'ont fait. J'ai adoré chaque baiser, chaque caresse.

Apprendre que ma réaction n'est pas normale confirme ce que je soupçonnais déjà. Je n'ai pas l'étoffe d'une princesse. Si je ne suis pas capable de supporter l'intensité de leur sperme extraterrestre sur ma peau, ils n'ont qu'à aller se chercher une autre épouse ailleurs. J'ai perdu mon sang-froid et... je me suis évanouie puisque je ne me souviens plus de rien. Et ils ne m'ont pas encore sautée !

Ils m'ont procuré orgasme sur orgasme, c'était si intense que j'ai totalement perdu pied. J'ai oublié où j'étais, je m'en fichais complètement. J'ai perdu mon sang-froid, c'est dangereux. Ils auraient pu me faire n'importe quoi.

N'importe quoi. Je les aurais probablement suppliés encore plus.

« Ça ne justifie pas qu'on m'examine. C'est juste que vous étiez bons au lit, c'est tout, » balbutiais-je, finissant par admettre qu'Ander et lui m'avaient tout de même ébranlée. Je devrais plutôt voir un psy. Aucune femme ne s'attache si rapidement à deux hommes qu'elle vient juste de rencontrer. Aucune femme n'aurait permis qu'on lui fasse ce que je leur ai permis de faire. Non, je n'aurais pas dû le leur permettre. Je les ai suppliés de continuer.

« On ne t'a pas encore sautée, ajoute Ander, à toutes fins utiles. Bientôt. Très bientôt. »

Je jette un œil vers le docteur et regarde Ander d'un air méfiant mais il n'a pas l'air gêné pour deux sous.

« Je me sens bien.

— Si tu es si ... si mes doigts et ma bouche, notre sperme répandu sur ton ventre et tes seins te font autant d'effet, il est possible que nous te fassions mal quand nous te pénétrerons avec nos bites.

— Ander, » grondais-je, j'aimerais vraiment qu'il la ferme maintenant.

— Il dit la vérité, ajoute Nial. Il est de notre devoir de te protéger, pas de te faire mal. Nous devons nous assurer que tu es en assez bonne santé pour qu'on s'accouple en bonne et due forme. »

Il se lève, me prend dans ses bras et me dépose sur la table d'examen.

« Comment ça, en bonne et due forme ? »

De quoi peut-il bien parler, hormis de baiser ? Pour être honnête, je ne suis pas franchement contre l'idée de chevaucher l'énorme bite de Nial ou de leur faire une fellation chacun leur tour, de goûter leur sperme dans un orgasme qui déferlera sur mon corps.

« C'est la deuxième fois qu'on m'examine. » La table est semblable à celle au centre de recrutement, lorsque la gardienne m'a ôté les morceaux de métal dans le dos et la cuisse et s'est servie de cette étonnante baguette guérisseuse. « Si j'avais eu un problème, la gardienne Egara s'en serait aperçue.

— C'est faux, dit Ander. Tu as éprouvé du plaisir après qu'on t'ait donné notre sperme. »

Ses grandes mains repoussent la couverture, mon

corps est nu devant le docteur. Une fois ma colère retombée, je trouve son inspection tout bonnement insupportable. Je n'ai pas envie que le docteur me regarde, et encore moins qu'il me touche.

« Ander ! » je fais mine d'attraper la couverture mais il saisit mes poignets, se met derrière la table, tend mes bras en arrière et maintient mes poignets dans ses mains immenses. Mes bras sont tendus derrière ma tête, mon dos se cambre et mes seins saillent.

J'étrécis les yeux en regardant cette brute.

« Lâche-moi ! »

Il secoue doucement la tête. « On doit t'examiner. Il est de notre devoir de veiller à ta sécurité et ton bien-être. »

Nial se tient à mes côtés et penche la tête. « On va te baiser, Jessica. Souvent et en prenant tout notre temps. Le docteur va s'assurer que tu peux supporter les besoins de tes partenaires. »

Ander renifle. « Tu la sens ? »

Nial plante son regard dans celui d'Ander. « Oui. Intéressant. »

Je m'agite pour échapper à la poigne d'Ander mais je sais que c'est inutile. C'est trop tard. Le docteur, maudit soit-il, garde le silence, au bout de la table. Il attend clairement la permission de commencer.

« Qu'est-ce qu'il y a de si intéressant ? » demandais-je.

Nial lève un sourcil devant mon air courroucé. Ce n'est pas *lui* qui est planté à poil devant un parfait inconnu. « Ce qui est intéressant, partenaire, c'est que ça t'excite.

– C'est pas vrai ! » rétorquais-je, mes tétons pointent. Je serre fort les cuisses, par défi. Si je les ferme, mes partenaires ne sentiront peut-être pas ce que la poigne solide d'Ander provoque en moi. Cette logique complètement ridicule me décontenance. Je sais tout au fond de moi que si ces hommes vont me pénétrer, je dois être certaine qu'ils sont plus forts que moi. J'ai passé à ma vie à protéger des gens et je n'ai jamais rencontré d'homme avec lequel je me sente en sécurité.

Ander arrive à me faire tenir tranquille rien qu'en me tenant fermement. Son côté dominateur me rend furax, j'ai envie de lutter contre son étreinte. Qu'en est-il de mon autre facette, que je garde enfouie dans le tréfonds de mon âme, de cette fille qui hurle pour que ce monde vive à nouveau en paix ? Elle refait surface, elle veut qu'on la délivre. Plus je la combats, plus elle va devenir enragée, jusqu'à ce que mon désir envers la caresse dominatrice d'Ander se mue en guerre civile entre mon cœur et mon esprit. Je m'arcboute sur la table, mon cœur bat si fort que ses battements doivent s'entendre jusqu'à la pièce d'à côté.

Je sais que quoi que je fasse, Ander sera là, il est assez fort pour me maîtriser, pour régenter le monde à ma place.

Nial place une épaisse courroie noire autour de mes hanches qui s'agitent et accroche la sangle à la table. Je ne peux plus soulever mes hanches. Je lui décoche un coup de pied, il relève mes jambes dans des étriers que le docteur a sortis de sous la table. Il s'était bien gardé de me les montrer, si je les avais vus avant, j'aurais piqué un sprint vers la porte. Ils ressemblent à s'y méprendre à ceux de mon gynéco, Nial bloque mes chevilles dans l'épais métal. Ceci fait, il regarde Ander.

« T'as besoin de liens pour ses bras ? »

Ander glousse, se penche et murmure à mon oreille.

« Non. J'*aime* bien la tenir. »

Oh, mon Dieu. Ça m'excite.

Nial sourit et se sert d'une drôle de manivelle pour ajuster les étriers, mes cuisses sont grandes ouvertes, ma chatte bien en vue, le cul pratiquement au bord de table. Ce n'est pas le docteur mais Nial qui se place entre mes jambes, il glisse son long doigt dans ma chatte, tandis que je halète.

« Elle mouille, Ander. On pourrait la pénétrer dès maintenant, répandre ses fluides sur nos sexes et la prendre vite et bien. »

Les mains d'Ander se tendent sur mes poignets, mais il ne me fait pas mal. J'ai envie de gigoter mais toute attitude de défi m'est impossible vue la grosse courroie qui enserre mes hanches. Je suis tellement en colère que j'aimerais cracher au visage de Nial et lui arracher les yeux, je me tourne, j'espère qu'il va enlever son pantalon et me baiser pendant qu'Ander me tient et regarde.

C'est quoi mon problème ?

Nial se tourne vers le docteur et hoche la tête avant de s'éloigner, de manière à ce que le docteur ait la place de faire ce qu'il a à faire. Quoiqu'ils aient prévu, je n'ai aucune chance de m'échapper.

Je regarde Nial lécher son doigt enduit de mon fluide vaginal, il se lèche le doigt comme si c'était un miel délicieux.

Déterminée à ne pas capituler, je me tourne à l'approche du docteur. Il arbore un air résigné des plus médical. Heureusement, son regard ne fait preuve d'aucune excitation ni convoitise. Il a deux godes à la main, je m'arcboute et redouble d'efforts pour me soustraire à la poigne de fer d'Ander.

10

Je regarde le docteur s'approcher de ma partenaire. Son attitude de défi est magnifique. Je m'étais toujours imaginé avec une reine docile et soumise mais je remercie les dieux et les protocoles de recrutement de m'avoir donné une telle diablesse, une guerrière qui n'a pas peur de se battre et qui n'est pas intimidée par les cicatrices de ses partenaires.

« Hors de question. Vous vous croyez où ? » hurle-t-elle à l'adresse du docteur, qui ignore ses protestations et pose son matériel sur la petite desserte sortant du côté de la table. « Ces trucs … servent pour quel type d'examen … ?" »

Il lève la main vers sa cuisse mais elle s'agite et se débat si farouchement entre les mains d'Ander que je redoute qu'elle fasse une crise cardiaque si on ne la calme pas. Cet équipement médical est nécessaire à sa survie sur Prillon. Non seulement je dois m'assurer qu'elle ne soit pas blessée pour qu'on puisse la baiser à loisir, mais je l'ai kidnappée sur Terre sans qu'elle ait passé le test de recrutement en bonne et due forme, elle n'est pas équipée des implants biologiques de base lui permettant de vivre heureuse et en bonne santé sur Prillon.

Je lève la main et le docteur recule. Jessica essaie de reprendre de l'air à mon approche. « Jessica, je t'en prie. On ne te fera aucun mal. Le docteur suit le protocole standard. Toutes les épouses effectuent le même test de recrutement. Je te le promets. Crois-moi. Je ne lui permettrai pas de te faire le moindre mal. »

« Des conneries. C'est que des conneries. Aucun examen médical ne nécessite des godes, espèce de connards pervers. Laisse-moi partir ! » Elle se débat violemment, déclenchant les alarmes du système qui enregistre sa pression artérielle et son rythme cardiaque.

« Elle doit se calmer. Elle va faire une attaque. » Les paroles du docteur m'inquiètent au plus haut point, il est temps de montrer à ma nouvelle partenaire ce qu'est la discipline sur Prillon.

Je me dirige vers elle et pose ma main sur sa poitrine.

« Calme-toi, Jessica. Cet examen est nécessaire. Arrête de nous contrer sinon je vais te botter le cul jusqu'à ce que tu aies les fesses toutes rouges. »

Elle me jette un regard noir, son dos s'arcboute sur la table tandis qu'elle essaie de se libérer de la poigne d'Ander. « Quoi ? Comme si j'avais trois ans ? Non. Laisse-moi partir. »

– Fais-nous confiance, partenaire. Le docteur ne te fera aucun mal. » Ander essaie de se rallier à la cause. « Je te promets que si jamais il te fait mal, je le tue.

– Non. » Elle se débat, tourne la tête et le cou pour essayer de mordre mon bras et que je la relâche.

« Je t'ai prévenu, Jessica. Tu vas apprendre ce qu'il en coûte de désobéir à ton partenaire. » Je lève le bras et me place au bout de la table, ses fesses rebondies sont bien en vue, ses jambes écartées et retenues par les sangles. Je caresse sa peau douce et pulpeuse afin qu'elle s'aperçoive que je suis bel et bien là, de l'endroit où je compte frapper. « Je vais te fesser parce que tu as refusé d'écouter. Sache que je ne tolère pas qu'on me contredise, lorsque ta sécurité ou ta santé sont en jeu, Jessica. »

Je croise et soutiens son regard, elle se calme et me parle. « T'as pas intérêt. »

Je la fesse violemment ; elle hurle de colère, non de douleur. « Et de un. »

– Connard.

– Tu vas avoir droit à une autre fessée, Jessica. Tu ferais mieux de tenir ta langue. » Je lui donne la fessée pour de vrai, son cul devient rouge vif, profondément satisfait de constater qu'une rage silencieuse a cédé la place à son verbiage cinglant, sa chatte rose est toute luisante et accueillante tandis que j'inspecte ses replis, je lui laisse le temps de s'habituer à sa nouvelle position et m'accepter en tant que son maître, son partenaire.

Comme prévu, la pause que j'ai ménagée dans mes leçons attise de nouveau sa fureur.

« Ça y est ? Parce ce que si t'as terminé, tu peux aller te faire foutre et me laisser. Je ne vais pas laisser ce toubib me baiser comme un pervers avec ses sex-toys. »

Je croise le regard d'Ander et lui adresse un signe de tête pour m'assurer qu'il raffermisse sa prise. J'introduis deux doigts dans son vagin humide, je me sers des autres pour branler son clitoris tout en la masturbant, son orgasme approche, elle va presque jouir, et je me retire. « Ce n'est là que le début de ta leçon, puisque tu t'adresses à ton partenaire en lui manquant de respect. »

Son gémissement de plaisir languissant me plaît, son vagin se contracte sur du vide, il se languit de ce que lui ai refusé. « Tu vas compter cette fois-ci, Jessica. Tu vas compter jusqu'à vingt pendant que je te punirai pour m'avoir désobéi. Lorsqu'on aura fini, j'inviterai le docteur à poursuivre son examen.

– J'ai pas envie de subir un examen. » Sa poitrine se soulève, son corps est sous nos yeux. Je fais mon possible pour ne pas baisser mon pantalon et la baiser sur le champ, au bord de la table. Nous ne sommes pas là pour ça. Elle a besoin des implants biologiques fournis par le docteur, on doit s'assurer qu'elle est en bonne santé avant qu'Ander et moi puissions la posséder. Je n'ai pas envie d'attendre parce qu'elle est trop têtue pour se soumettre à un banal examen médical.

« Je sais. Mais c'est obligatoire. Tu vas le laisser faire, sinon je te fesserai jusqu'à ce que tu deviennes raisonnable. Tu comprends ?

– Va te faire foutre. »

J'enfonce trois doigts violemment et profondément dans son vagin, je titille son col de l'utérus tandis qu'elle se cambre en poussant un petit cri, les parois de son vagin se referment sur mes doigts en signe de bienvenue. Je frotte son clitoris jusqu'à ce qu'elle se tortille, sans la faire jouir. Si elle veut descendre de cette table, elle devra obéir.

« N'oublie pas de compter, Jessica. » Je retire mes doigts et la fesse à nouveau cul nu. J'en suis à trois lorsqu'elle se met à compter.

« Trois.

– Commence à un, partenaire. On commence à un. »

Elle frémit tandis que je poursuis ma fessée, sa voix murmure enfin le mot que j'attendais.

« Un. »

Pan.

« Deux. »

Pan.

Je continue jusqu'à vingt, ses fesses se teintent d'un joli rouge et son cœur accélère. Elle tremble, son dos se cambre tandis que des larmes perlent aux coins de ses yeux. Sa voix s'est muée en sanglots quand j'ai terminé, elle est calme et soumise avec Ander.

Je reprends ma place auprès d'elle, ma large main est posée sur sa poitrine, elle détourne le regard de l'autre côté. « Tu vas permettre au docteur de t'examiner maintenant, partenaire ?

– Je vois pas pourquoi je l'y autoriserai. »

Elle est mécontente mais écoute. « Le docteur doit tester ton système nerveux pour s'assurer qu'il fonctionne correctement. Tu as besoin de certains implants pour vivre sur notre planète. Il va également tester ta fertilité et s'assurer que tu n'es porteuse d'aucune maladie.

– Comment ça ? Quels implants ? » Elle attend ma réponse en frissonnant. Je ne sais pas comment ça fonctionne à vrai dire, je m'adresse au docteur.

« Docteur ? Répondez à la question de ma partenaire je vous prie. »

Le docteur fait un pas en avant mais Jessica s'agite

dans les bras d'Ander, il s'arrête et parle. « On ne vous a pas implanté les unités de bio-recrutement de Prillon. Il va falloir le faire.

– C'est à dire ? »

Le docteur hoche la tête. « Notre technologie recycle la matière sous sa forme première. Les vêtements que nous portons, la nourriture que nous mangeons, et les déchets produits par notre corps, tout est récupéré et réutilisé par nos systèmes. Les enfants reçoivent les implants Prillon à la naissance. Toutefois, étant donné que vous venez de Terre et que le recrutement complet n'a pas été effectué à cause de votre … transport avorté, vous n'êtes pas dotée des implants nécessaires pour vivre sur nos cuirassés. » Il écarte grand les mains et avance d'un pas hésitant. « Je ne vous ferai aucun mal, je vous le jure sur mon honneur de guerrier Prillon et de médecin.

– Bien. Faites ce que vous avez à faire. » Elle ferme les yeux et tourne la tête, sa mâchoire est serrée mais ses bras sont détendus entre ceux d'Ander. Il se penche sur notre épouse et l'embrasse tendrement, ses baisers effacent les larmes sur ses joues.

« C'est bien, Jessica. Ne t'inquiète pas, partenaire. Il ne t'arrivera rien. Tu as ma parole. »

Je prends place auprès de Jessica, le docteur n'est pas bien loin, la vulve rose et douce de Jessica est bien visible. Je fais confiance au docteur, jusqu'à un certain point. Nous sommes sur la Colonie, je ne suis pas certain de sa loyauté à cent pour cent. Au moindre geste déplacé, à la moindre étincelle de désir dans ses yeux, je lui arrache la tête. Il me regarde en tenant un premier instrument en l'air. Je place ma main sur la cuisse de Jessica pour qu'elle sache que je veille.

« Allez-y, docteur. »

Le docteur écarte bien grand les lèvres gonflées de la vulve de Jessica, j'aperçois son vagin, je ne peux détacher mon regard tandis qu'il se prépare à insérer un scanner long et épais en elle, afin de tester sa fertilité et rechercher d'éventuelles maladies. Un deuxième instrument amovible doit tester le système nerveux de ma partenaire et sa réaction aux stimuli sexuels, mais il n'est pas encore relié au clitoris sensible de Jessica. Je sais qu'elle fonctionne parfaitement bien, sa réponse à la bouche d'Ander était toute la preuve dont j'avais besoin. Toutefois, on doit appliquer le protocole, sous peine qu'elle ne soit pas acceptée en tant qu'épouse Prillon. Elle ne sera pas n'importe quelle épouse Prillon ; ce sera une princesse Prillon.

Le docteur enfonce l'épais appareil dans la chatte humide de ma partenaire, il l'écarte pour qu'elle accepte cette sonde assez volumineuse. Jessica pousse un gémissement et je bande tandis que le long instrument, à peu près de la taille de ma bite, disparaît peu à peu, englouti entre ses replis roses. Un appareil d'enregistrement des données commence à afficher des chiffres et des informations que je ne comprends pas, le docteur saisit les données et hoche la tête en guise d'approbation, avant de s'emparer de l'autre appareil, destiné au cul de Jessica. Il est largement plus petit que la bite d'Ander, il va servir à tester sa capacité à être baisée par deux partenaires en même temps, l'unique façon d'être accouplée.

Ma main parcourt la cuisse douce de Jessica, elle sait que je suis là, j'ai besoin de la toucher, pour me rappeler qu'elle est bien à moi, qu'elle existe. Cet examen doit se terminer au plus vite.

Le docteur doit nous délivrer nos colliers d'accouplement, il ne pourra le faire que lorsque Jessica aura passé avec succès son examen médical. Sans mon collier autour de son cou, tous les hommes célibataires de la Colonie pourront se battre en duel pour se l'accaparer.

Et ils le feront. J'entends déjà les guerriers se rassembler, s'agglutiner de l'autre côté de la fenêtre pour assister à l'examen de ma superbe partenaire. C'est leur droit, et je suis certain que ça risque de se terminer en duel. La seule question qui me taraude est combien Ander et moi allons-nous devoir en tuer avant d'exfiltrer notre partenaire de cette planète.

Jessica

Je suis attachée sur la table d'examen, les jambes ouvertes et le sexe à l'air tandis que le docteur insère un gode géant dans mon vagin trempé. Je ne sais pas à quoi m'attendre mais Ander ne relâche pas sa prise sur mes poignets, Nial caresse l'intérieur de ma cuisse, comme s'il caressait un chaton.

Je n'ai pas compris ce qui m'est arrivé, j'ai mal au cul, je suis profondément humiliée et je me languis des caresses de Nial, de son calme, je n'ai qu'une hâte, descendre de cette table d'examen et me blottir dans ses bras. Pour la première fois depuis des jours, voire des semaines, je suis calme et posée, ma crainte s'est envolée. Je suis apaisée.

Des années d'endoctrinement m'ont fait croire que je devais me rebeller contre la façon dont il me traite, me punit et exige obéissance. Mais ses caresses me donnent envie, j'aimerais que le docteur nous laisse seuls afin que je puisse sentir la bite épaisse de Nial en moi, au lieu de cette sonde. J'ai déjà ressenti le bonheur provoqué par leur sperme, j'en meurs d'envie à un point qui pourrait s'avérer gênant, si je n'étais pas déjà occupée par des choses largement plus humiliantes à cet instant précis. Comme le doigt du docteur qui explore mon anus vierge et étroit, et enfonce un truc chaud et huileux.

Je pousse un cri de surprise.

Je sais à quoi ressemble du lubrifiant, mais au lieu du gel froid dont j'ai l'habitude chez mon gynéco, ce liquide dans mon cul ressemble à de l'huile chaude, il tapisse mon intimité d'une substance qui me rend encore plus réceptive.

Alors que le bout arrondi de ce deuxième instrument viole mon anus, je réalise que garder les yeux fermés n'est pas la stratégie idéale. Ça ne fait qu'exacerber le moindre petit détail, la moindre sensation de cet instant auquel je ne peux me soustraire. Je remarque que la respiration d'Ander s'accélère, j'entends son cœur battre plus fort. Nial se tient à mes côtés, prudent et en alerte, étrangement fier, comme s'il exhibait mon vagin au peuple en guise de trophée.

Le docteur, tout en restant très clinique, me fait des choses jamais expérimentées jusqu'alors. Tandis que l'étrange appareil glisse entre mes fesses, je me contracte, pour l'empêcher de rentrer. Je lutte.

Nial me donne une claque retentissante sur l'intérieur de la cuisse et je halète, sous le choc, tandis qu'une sensation de chaleur coule dans mes veines. « Arrête de t'opposer, Jessica. Laisse-le faire et qu'on en finisse. »

J'ouvre les yeux, Ander me dévisage d'un regard de braise, je me fige, incapable de soutenir son regard.

« Tu n'as jamais été sodomisée ? » Sa question est brute de décoffrage.

Je rougis et fais non de la tête.

Il pousse un grondement sourd et répond.

Je lèche mes lèvres. « Ander. Distrais-moi »

Il sourit. Mon dieu il est séduisant. Une mâchoire carrée, un regard sauvage et pénétrant. Je pourrais plonger dans ses yeux, mais j'ai envie d'autre chose.

« Avec plaisir. » Il se redresse, relâche son étreinte, contourne la table, se place face à Nial et se penche sur moi. Avant même de se placer dans sa nouvelle position, il baisse la tête et m'embrasse comme un possédé. Son baiser est torride, je me détends tandis que le docteur me dilate, il introduit le second objet dans mon corps par à-coups lents et savamment dosés jusqu'à ce que je sois si remplie que je manque exploser s'ils ne me font pas jouir ou me relâchent.

Ander m'embrasse, Nial prend mon sein en coupe dans sa main libre, il tire sur le téton et le pince assez fort pour que je me cambre à son contact autoritaire. Son autre main passe de ma cuisse à mon clitoris, il l'explore, m'excite jusqu'à ce que je me remette à lutter contre la poigne d'Ander, non parce que j'ai envie de descendre de la table, mais parce que j'ai besoin de plus que ce qu'ils me procurent.

Les gros doigts de Nial écartent les lèvres de ma vulve autour du gode et Ander enfonce profondément sa langue, je sens qu'on pose un étrange appareil d'aspiration sur mon clitoris. Il ne s'agit pas de la bouche ou des lèvres de Nial, je sais à quoi ressemble la bouche du guerrier puisqu'il m'a sucé jusqu'à ce que je hurle. C'est bizarre, on dirait un demi-cercle en caoutchouc qui aspire. J'essaie de détourner ma bouche de celle d'Ander pour poser la question mais il m'en empêche, il s'appuie encore plus sur la partie supérieure de mon corps, jusqu'à ce que je sois littéralement piégée sous son immense carrure. Je suis littéralement clouée, non seulement par les courroies ou ses mains, mais par sa force brute et sa taille imposante.

Pour une raison dont je n'ai strictement rien à faire, la sensation me rend folle. J'oublie le docteur et son examen stupide. Tout ce qui m'importe c'est mes deux grands guerriers, leurs mains et leurs bouches, et ce truc énorme qui envahit ma chatte. Et mon cul. Je dois avouer que bien que ce ne soit pas très confortable, ça ne fait qu'exacerber les sentiments qui me parcourent.

Nial replace sa main et sa bouche sur mon mamelon, le docteur a dû appuyer sur un bouton parce que la sensation de succion sur mon clitoris va crescendo. Ça suce. Ça s'arrête. Plus fort. Ça s'arrête.

Ça se met à vibrer et Nial se penche entre mes jambes, retire le gros gode et le renfonce dans ma chatte.

Il augmente l'allure, il me baise avec ce truc tandis que la deuxième machine besogne mon clitoris avec une maîtrise qui me mène au paroxysme du plaisir. On dirait que la machine sait à quel moment je vais avoir un orgasme, et ralentit au dernier moment pour éviter que je jouisse.

Ça continue encore et encore. Lorsque le docteur commence à me sodomiser avec le gode, je frémis sous la bouche d'Ander, incapable de bouger, hormis attendre que ça passe, et ressentir ce tourbillon de plaisir qui s'empare de mon corps.

Je ne suis plus moi-même. Je ne suis plus rien, juste un corps, un tas de nerfs et de luxure, sans nom ni mémoire. Mes partenaires disposent de moi à leur guise. Le concept fout la trouille, mais leur but ultime est de me procurer du plaisir.

Ander arrête de m'embrasser et je tourne la tête sur le côté, j'essaie de reprendre mon souffle alors que deux objets effectuent des mouvements de va-et-vient dans mon corps, la sensation de succion et de vibration sur mon clitoris augmente de vitesse et en intensité.

J'ouvre les yeux et tombe nez à nez avec Nial, qui me dévisage intensément. « Tu as envie de jouir, partenaire ? » Il retire le gode presque entièrement de mon corps, le tient devant mon orifice, m'excite avec.

Je suis à deux doigts de sangloter. Je me sens vide. Très vide. « Oui.

– Demande-le gentiment, Jessica. » Il pince mon téton, assez pour que ça me fasse mal et mon vagin se contracte sur du vide, en un spasme douloureux.

« S'il te plaît. » Je contemple ses yeux couleurs or et argenté, et je lui donne ce qu'il veut entendre. « S'il te plaît. S'il te plaît. S'il te plaît. »

La main d'Ander glisse de mon poignet à mon bras, remonte sur mon épaule telle une chaude couverture jusqu'à ma gorge, sans appuyer, il me rappelle, très subtilement, que je suis à sa merci, que je ne peux rien faire d'autre, hormis me soumettre.

« Jouis pour nous. Jouis maintenant. » Nial a une voix rauque que je ne lui reconnais pas, ses paroles sont des ordres, c'est indéniable.

Mon corps réagit instantanément, l'explosion qui déferle m'arrache un hurlement. Impossible de m'arrêter une fois que ça a commencé, je pensais avoir terminé mais Ander m'ouvre la bouche de force, il me savoure et m'explore, Nial et le docteur me branlent avec leurs appareils, la succion sur mon clitoris augmente, ça le tire, ça vibre assez fort pour que mon dos se cambre sur la table, tandis que je jouis sans relâche.

J'ignore combien de temps ça dure mais quand c'est terminé, je suis en sueur et épuisée. Ander m'ôte les cheveux du visage et Nial fait office de garde du corps, sa main sur moi, constamment sur mon ventre et ma taille, afin que je sente sa présence.

« Alors, docteur ? » la question sèche de Nial me tire de ma léthargie. J'ai envie de savoir ce que le docteur pense de tout *ça*.

« Elle s'en est très bien sortie, mon prince. » Il retire le gode enfoncé dans ma vulve, l'étrange truc posé sur mon clitoris suit le mouvement. « Son corps réagit bien mieux que la majorité des épouses Prillon. »

J'ai envie de lever les yeux au ciel mais je m'arrange pour les fermer tandis que Nial ôte mes jambes des étriers et défait la sangle qui bloque mes hanches.

« Les implants sont bien en place ? Elle est prête pour le transport sur le cuirassé ? » Ander me touche extrêmement gentiment, tout en massant mes tempes, à l'endroit des neurostimulateurs. Il plante ses mains dans mes cheveux et me caresse doucement la tête.

« Oui. Les implants sont totalement opérationnels. »

J'ai oublié tout le reste de l'examen. Ils m'ont intégré les implants Prillon tout en me donnant du plaisir. Dieu du ciel, mieux vaut un orgasme qu'une anesthésie.

« Elle est prête. »

J'ouvre les yeux et fronce les sourcils. « Hum, je crois que vous oubliez quelque chose, » lui dis-je, en indiquant d'un air gêné entre mes jambes, j'ai toujours ce gros truc dans les fesses.

Nial, très doucement, glisse un doigt entre mes fesses et heurte l'objet. « Non. Ce plug va rester dans ton cul. »

Je prends appui sur mes coudes. « Hein ? Pourquoi ?

– Parce qu'on doit dilater ton anus pour la sodomie. On va te pénétrer ... en même temps, Jessica.

– T'as pas encore vu ma bite, rétorque Ander. Je t'assure qu'elle est bien plus épaisse que ce plug. Nial se chargera de ton vagin, c'est son droit exclusif puisqu'il est ton premier partenaire. Je baiserai ton vagin lorsque tu seras enceinte de notre enfant. Mais je te *sodomiserai*, c'est mon droit et mon privilège en tant que second. »

Je pense au sexe d'Ander, je présume qu'il est proportionné à sa carrure. Je me contracte sur l'objet étranger profondément inséré en moi et je me dilate. Je n'arrive pas à me refermer, je me sens ... pleine. Qu'est-ce que ça va donner avec la bite d'Ander ?

« J'ai pas envie d'avoir ce truc en moi. C'est pas confortable, rétorquais-je.

– Ça te fait mal ? demande Ander, l'inquiétude altère son comportement. Docteur, » grogne-t-il.

ne fait aucun doute qu'Ander rompra le cou du bonhomme s'il s'avère que le plug qu'il m'a inséré me fait mal.

Je lève une main. « Non, ne lui fais pas de mal. Ça fait pas mal. C'est juste ... étrange. C'est la première fois que j'ai — je me racle la gorge, — un truc là-dedans. »

Ander sourit. « Ça me fait plaisir d'être le premier,

partenaire. Le plug va rester en place, à chaque fois que tu sentiras ce long plug te dilater, imagine que c'est moi qui te branle avec, imagine ma bite qui te sodomise tandis que Nial baise ta chatte. »

Ses paroles me donnent subitement très chaud, je m'imagine en train de chevaucher le membre raidi de Nial, soulever les fesses, me mettre en position afin qu'Ander puisse me prendre à son tour, qu'il puisse me pénétrer jusqu'au point de non-retour, jusqu'à ce que je perde tout discernement.

Je ne suis pas née de la dernière pluie. J'ai assez regardé de films porno pour savoir exactement de quoi il parle, mon corps se contracte sur le plug à l'idée d'être besognée par deux hommes forts. Je me mords la lèvre et détourne le regard tandis que mon vagin est à nouveau trempé. J'ai envie de lui plaire, je m'en fiche de devoir garder ce plug dans le cul. J'ai envie qu'ils me baisent à deux, qu'ils me pénètrent à fond avec leurs bites. Si déambuler avec ce truc dans le cul peut m'aider à parvenir à mes fins, je suis partante.

Le plus étrange est ce désir d'être possédée. Je suis une femme moderne, libérée, tout me réussit. Je ne lèche pas le cul aux hommes et je ne m'en laisse pas conter. Alors pourquoi l'idée d'être sous la domination totale de mes deux partenaires simultanément m'excite à ce point ? L'idée d'être soumise corps et âme relève de l'hérésie. Accepter la fessée, il y a quelques jours encore, l'idée m'aurait fait freiner des quatre fers.

Maintenant que j'ai testé l'oubli procuré par cet abandon, je sais que je meurs d'envie qu'ils recommencent, inlassablement. Merde alors, j'en crève peut-être d'envie depuis toujours. Mais jusqu'à ce que je tombe sur Nial et Ander, je n'avais jamais rencontré d'homme qui en vaille la peine, qui soit assez fort, plus fort que moi, pour que j'envisage de baisser ma garde.

Je me surprends moi-même, je ne me suis *jamais* soumise à aucun homme auparavant. Je *veux* être libre de m'abandonner. Je veux être sûre de pouvoir leur faire confiance et qu'ils prennent soin de moi. Et, encore plus choquant, j'ai envie de leur plaire à tous les deux. J'ai envie de les rendre fous de désir, fous du plaisir que je vais leur procurer. Je veux les combler. Je veux tout leur donner.

Le docteur nous tend trois long rubans noirs, Nial les prend et les serre dans son poing. « Merci. »

Le docteur semble nerveux, j'ai cru entendre quelque chose, un bruit sourd, on dirait des gens qui se battent, de l'autre côté du mur. « À votre place, je me dépêcherais. »

Nial se tourne vers moi et tend sa main à Ander, qui prend un lacet et le met autour de son cou. Nial fait de même, il dépose le troisième sur la table à côté de moi. Je me demande pourquoi ils mettent des ras-de-cou noirs, mais je m'aperçois qu'ils deviennent rouge foncé, ils se fondent dans leur peau, on dirait plus un tatouage qu'un collier.

Nial prend le troisième tandis qu'Ander m'aide à m'asseoir, en faisant attention au plug que j'ai dans le cul. « C'est pour toi, partenaire. »

Je prends le ruban noir d'une main tremblante. « Qu'est-ce que c'est ?

— Notre collier d'accouplement. Ça prouve que tu nous appartiens durant la période d'accouplement. Aucun autre guerrier n'a le droit de t'approcher ou d'essayer de t'enlever. Avec les colliers nous ne faisons qu'un, nous sommes une famille. »

Je regarde cette bande noire apparemment insignifiante et me rends compte de ce que j'ai dans la main. C'est l'équivalent d'une alliance. Un lien éternel. Une grosse marque bien voyante sur le corps d'une femme qui indique *prise*.

Ils ne m'ont même pas demandé mon avis. Ils sont sérieux ? Je ne suis pas le genre de fille qui s'attend à une déclaration enflammée et une proposition de mariage mais ç'aurait tout de même été sympa de demander. Qu'est-ce qu'on fait du fameux discours *Je t'aimerai toujours, jusqu'à ce que la mort nous sépare* ? Après ce qu'ils viennent de me faire—ou plutôt, ce qu'ils ont permis au docteur de me faire—je ne suis pas du tout d'humeur à être contrainte ou forcée. J'ai un plug dans le cul car tel est leur bon plaisir, et parce que je suis assez honnête avec moi-même pour savoir que je les désire tous les deux. Mais ça … ?

Je referme le poing sur le collier et l'abaisse sur mes genoux. « Non. »

Il me lance un regard noir tandis que le docteur recule et marmonne un truc parlant de défis et de meurtre. J'aurais dû écouter, mais je suis trop occupée à dévisager les deux grands extraterrestres autoritaires.

« Mets-le tout de suite. » Nial étrécit les lèvres et les yeux, il essaie de m'intimider pour que je lui obéisse. « Jessica, selon les lois en vigueur sur Prillon, je ne peux pas te forcer à porter mon collier. Sache toutefois que si tu ne le mets pas immédiatement autour de ton cou, tu prends des risques. »

Je lui adresse à mon tour un regard glacial. Il est sérieux là ? Il vient juste de permettre à un docteur de m'emmener au paradis du fantasme sexuel, d'effectuer une double pénétration avec deux godes et une coupe d'aspiration magique, et il s'attend à ce que je dise 'oui' à une déclaration qu'il n'a jamais faite ? Je zieute la salle. Non. Pas de monstres immenses qui attendent de me sauter si je refuse sa non-déclaration. Il n'y a que moi, mes partenaires et le docteur, qui a déjà fait tout ce qu'il pouvait pour moi. Je refuse d'obéir sous la contrainte. Pas pour ça.

« Là d'où je viens, lorsqu'un homme *demande* à une femme si elle veut bien l'épouser, permets-moi de répéter ce petit mot qui revêt toute son importance ici, il *demande* à une femme si elle veut bien l'épouser, il s'agenouille en général et lui donne une sacrée bonne raison de répondre 'oui'. »

Nial arque un sourcil, et basta. « Mets le collier.

– Non.

– Mets le collier autour de ton cou, immédiatement.

– Demande-le gentiment, Nial. »

Je lui renvoie ses propres paroles à la gueule et croise les bras sous mes seins nus. Ma nudité ne me gêne pas le moins du monde, je suis assise telle une reine devant sa cour. Les trois hommes ont tout vu de mon corps, ma chatte et mon cul dégoulinent et palpitent encore suite à l'orgasme. La table est sûrement toute glissante et mouillée sous mes fesses.

Ander se lève d'à côté de moi et se tourne vers ce qui s'avère être une sortie, il m'ignore tandis que l'œil argenté de Nial devient noir de colère. Je me fiche qu'il soit fâché. Comme ça on est deux.

Pour commencer, son imbécile de père a annulé mon transport, j'ai été traquée par la Ruche et presque tuée par mon ancien mentor. Nial m'a sauvé la vie mais il m'a tendu un piège avec son acolyte après qu'on m'ait tiré dessus. Ils m'ont kidnappée de ma planète, attachée, m'ont donné la fessée, baisée avec un étrange attirail médical et m'ont forcée à perdre mon sang-froid devant un parfait inconnu. J'esquive les coups, j'essaie de m'adapter à la situation. J'ai satisfait à toutes leurs exigences, contre mon gré. Je ne vais tout de même être d'accord pour épouser ces deux hommes des cavernes s'ils ne me *font* même pas de déclaration !

Je lui jette un regard noir, histoire qu'il comprenne où je veux en venir, ce que j'attends de lui. Il baisse les épaules et son œil reprend sa couleur argentée. « Qu'est-ce que tu veux, Jessica ? »

Je lis la défaite dans son regard et je me radoucis mais putain de merde ! Je veux une vraie déclaration. Ils me doivent bien ça après tout ce qu'ils viennent de me faire subir. C'est pas comme si j'allais dire non. J'ai plus de maison et ma vie est inexistante. Si je rentre chez moi—ce qui est probablement impossible—je serai morte dans la semaine.

Et ces deux guerriers me manqueraient, même si ça me fait chier de l'admettre. Je ne les connais que depuis quelques heures mais j'ai l'impression qu'ils sont à moi.

Je fixe Nial, perplexe, j'essaie de réfléchir à comment lui dire ce dont j'ai besoin sans passer pour une indécrottable idiote sentimentale, lorsque la porte vole en éclats et que deux immenses guerriers déboulent dans la pièce.

Le plus grand a la même peau argentée que Nial, mais la zone argentée recouvre son torse et son cou, pas son visage. Ses yeux sont dorés et chaleureux mais il a un drôle de truc métallique planté dans la peau juste sous son œil droit, comme un deuxième sourcil. Il ne regarde même pas dans ma direction et s'adresse directement à Nial.

« Je souhaite combattre pour avoir le droit de prendre cette Terrienne pour épouse. »

11

*J*essica

J'ai l'impression que Nial grandit de plusieurs centimètres, sa peau argentée étincelle sous la lueur bleutée de l'éclairage de la salle d'examen. « Si tu la touches je te tue. »

Un autre homme, apparemment le second du rival, traverse la pièce dans ma direction… et celle d'Ander, qui se place devant moi. Le type venant vers nous a l'air tout à fait normal pour un extraterrestre, jusqu'à ce que je regarde ses yeux. Ils sont cerclés d'anneaux d'argent, comme si un joaillier avait disposé des alliances assorties autour de ses iris.

Contaminé. Le mot me vient à l'esprit tandis que Nial rugit.

Je me tourne en vitesse, Nial soulève l'autre guerrier

au-dessus de sa tête comme si c'était des haltères et l'envoie valdinguer dans un fracas de verre brisé à plus de six mètres à l'autre bout de la pièce. Le verre se brise et tombe par terre dans un craquement sourd et un tintement, je pousse un cri perçant en voyant que des cohortes de guerriers surgissent, ils devaient être là depuis le début.

Ils ont *tout* vu. Oh, mon Dieu, ils m'ont vu les cuisses grandes ouvertes, pendant la fessée, pendant qu'ils me baisaient et que j'ai eu mon orgasme et pris mon plaisir et...

Ander attend que son agresseur lui fonce dessus tandis que le rugissement de Nial fait littéralement trembler les vitres restantes. Ander recule et plante carrément son poing dans la mâchoire de son adversaire, l'envoyant valser, inconscient, à plusieurs mètres de là. Un coup de poing a suffi, le type est KO.

Nial et Ander se regardent et se placent autour de moi. Je lève les yeux et aperçois d'autres guerriers s'adresser un signe de connivence et pénétrer dans la pièce par la porte cassée. Ils sont immenses, de la même taille que mes partenaires, mais beaucoup plus prudents que les deux premiers.

Je contemple le ruban noir dans ma main et advienne que pourra. Je comprends désormais l'urgence de la situation, l'avertissement du docteur. Je comprends tout. Je sais que j'aime mes partenaires, je veux qu'ils me désirent, pas seulement charnellement. Je veux gagner leurs cœurs. Je veux un vrai lien.

Ce genre d'amour met du temps à s'installer. Je le sais. En même temps, je n'ai pas envie que mes partenaires combattent toute la Colonie pour me sortir de là. Je ne veux absolument pas risquer de les perdre dans ces combats, ou qu'ils soient gravement blessés, même si ça n'a pas vraiment l'air d'être un problème.

Je pousse un soupir et regarde le géant embusqué près de l'entrée. « Stop. »

Les quatre guerriers se figent, tout comme le docteur et les autres hommes agglutinés de l'autre côté du mur.

Je mets l'étrange collier autour de mon cou et le lâche, surprise qu'il se referme et se place de lui-même. Instantanément, la rage du combat m'envahit, j'éprouve le besoin féroce de protéger ce qui m'appartient. Je réalise que cette sensation provient de mes partenaires, stupéfaite, je lève une main tremblante vers mon cou. Impossible de mentir, de tricher. Je ressens leurs émotions lorsqu'ils sont à proximité.

Je baisse la main, l'immense envahisseur s'incline profondément devant moi et lève ses mains vers Nial en signe de reddition. « Je vous présente mes excuses, princesse. »

Les ordres péremptoires de Nial n'ont peut-être rien à voir avec un manque de romantisme, il craignait en définitive pour ma sécurité. Ils ont prêté serment de me protéger au péril de leur vie, d'assommer, de blesser ou de tuer tout homme qui m'approcherait. La seule personne dont ils voulaient me protéger, c'est moi. Ils peuvent tuer tous les hommes de la Colonie si besoin, mais ils ne peuvent pas me forcer à mettre le collier.

En fin de compte, ils m'ont prouvé qu'ils se souciaient de moi.

Je remarque chez Nial et les autres un changement d'attitude complet depuis que j'ai mis le collier. Nial n'a pas exagéré le danger, je me sens subitement très bête de lui avoir désobéi et d'avoir risqué nos vies. Je m'adresse directement à l'adversaire de Nial.

« Non, c'est moi qui suis désolée. J'ai manqué de discernement, d'où cette pagaille, mais aucun homme ne m'intéresse, hormis mes partenaires. »

Ander et Nial reculent dans ma direction, m'empêchant complètement de voir les deux hommes qui ont fait irruption dans la pièce. Le docteur s'agenouille par terre à côté du guerrier que Nial a balancé par la fenêtre et je pousse un soupir de soulagement lorsque je vois que le guerrier bouge un bras. Il n'est pas mort. Parfait. J'avais pas en plus besoin de me sentir coupable.

Le second du rival parle pour la première fois. « Toutes les Terriennes vous ressemblent, princesse ? Des femmes qui veulent bien s'unir à des vétérans contaminés, c'est bien le nom que vous nous donnez ? »

Je soupire. Des célibataires qui recherchent des guerriers torrides et valeureux ? « Absolument. Par milliers, mais vous n'êtes *pas* contaminés. »

Le docteur tousse. « Mon Dieu mon prince, vous feriez mieux de la faire sortir immédiatement. Sinon elle va déclencher une invasion sur Terre.

— Pardon ? m'exclamais je. Et pourquoi pas. Je n'ai qu'à passer un coup de fil—je sais pas comment ça marche depuis l'espace—à la gardienne Egara. Elle les aidera à trouver des partenaires lorsque je lui aurai expliqué la situation. Elle prend son travail très à cœur. Faites-moi confiance. Elle serait ravie de vous aider. »

Je n'en sais rien, je n'en suis pas sûre, mais je sais que je dis la vérité.

Le guerrier situé près de la porte penche la tête. « Dame Egara du cuirassé *Wothar* ? Catherine ? »

Je pousse le bras d'Ander afin qu'il se déplace de quelques centimètres. Je dois voir le visage de cet homme. « Je ne connais pas son prénom et je ne connais pas le cuirassé. Je pense pouvoir affirmer qu'elle n'est jamais allée dans l'espace, on m'a dit qu'aucune femme ne retournait sur Terre une fois mariée.

– Plus petite que vous princesse, une brune aux yeux gris ?

– Ça lui ressemble. » Je le regarde de travers. « Vous la connaissez d'où ?

– C'était la partenaire de mon frère et de son second. Ils sont morts tous les deux il y a six ans dans une embuscade. On a perdu tout un bataillon ce jour-là. » Il indique son second et montre sa propre peau argentée. « Le reste de la troupe s'est rétabli quelques heures plus tard, mais on n'a plus pu rentrer chez nous. »

Il veut dire qu'ils ont tous été envoyés à la Colonie à cause de leur nouvelle *contamination*.

Nial sort de mon champ de vision et réapparaît avec ma couverture rouge foncé, il m'enveloppe dedans et me prend dans ses bras. Je m'aperçois que j'ai discuté avec de parfaits inconnus, totalement nue. Avec un plug dans le cul. *Mon Dieu.*

« Je peux marcher tu sais. »

Il fait non de la tête. « Pas aujourd'hui. Tu as déjà causé assez d'ennuis, sans poser un seul pied par terre. »

Je glousse et regarde Ander.

« Allons-y, Ander. C'est l'heure. »

Ander se relève et les autres s'inclinent tandis que Nial les dépasse et m'emmène dans le long corridor parcouru de portes. Je passe les bras autour de son cou et pose ma tête sur son épaule, il peut m'emmener où il veut. « Où va-t-on ? Qu'est-ce qu'on va faire ?

– Le moment est venu de t'apprendre ce que signifie être une épouse Prillon. »

Nial

Je porte ma partenaire dans le long corridor, la rage m'envahit. J'étais censé finir mes jours sur la Colonie. Ça devait être ma nouvelle demeure. Cet endroit, ces hommes, étaient censés être mon avenir—si mon père était parvenu à ses fins. Les hommes qu'on vient de combattre, ceux qui voulaient récupérer Jessica, sont comme moi. Ce sont des guerriers qui se sont battus pour la coalition, ont protégé des milliards de vies et des centaines de planètes, ils n'ont pas eu de chance et ont été capturés et torturés par la Ruche, *contaminés* par leur technologie et bannis à jamais.

Tout en portant ma partenaire, je serre les mâchoires de honte devant mon manque de compréhension. Jessica a pointé l'évidence-même, ils n'ont aucun problème. Les implants biotechnologiques de la Ruche équivalent à ses cicatrices : des marques d'honneur, de service, de respect. En tout état de cause, la technologie implantée les rend plus fort, plus rapides et encore plus meurtriers. Et ce sont ces hommes qu'on exile sur la Colonie, auxquels on manque de respect et qu'on oublie. Pas le droit de se marier, ni de fonder une famille. Privés de leur honneur et utilisés comme des esclaves.

Lorsque je serai Prime, le traitement indigne que reçoivent nos guerriers sera l'une de mes priorités. Je regarde les cheveux blond brillant de ma partenaire qui repose entre mes bras, je sais, sans l'ombre d'un doute, que ma princesse se fera l'avocate acharnée de ces guerriers.

Je suis fier qu'elle ait défié le docteur, qu'elle l'ait confronté à l'injustice, elle nous a permis à tous de voir les choses sous un nouveau jour. Ses paroles, ses idéaux, sont là non pas pour protéger ses deux partenaires, mais également tous les vétérans des guerres contre la Ruche, tous les guerriers blessés de ce monde. Je sais qu'elle combattra sans relâche le système reposant sur ces préjugés bâti par mon père. Elle est courageuse, pugnace et passionnée.

La partenaire idéale.

Le moment est venu de la baiser, de la posséder. Il *faudrait* qu'on quitte la Colonie sans tarder mais je dois d'abord la sauter. Elle doit comprendre la puissance de notre lien, rien ne vaut une bonne baise. Les colliers, ainsi que quelques orgasmes intenses, lui confirmeront qu'elle n'aura pas à remettre notre lien en cause.

Il ne s'agit pas de la cérémonie d'accouplement, de notre union au sens propre du terme, mais c'est un début. Les colliers autour du cou, notre sperme sur sa peau, ses émotions et ses besoins sont l'évidence même. Je ressens ses sentiments tout comme elle ressent les miens—et ceux d'Ander.

Elle est encore excitée depuis son examen. Elle a aimé. Adoré. Elle a adoré lutter contre la poigne d'Ander, tout en sachant qu'elle ne pouvait rien faire, hormis se soumettre. En dépit de cette situation peu commune, elle a choisi de faire confiance à Ander, de le croire lorsqu'il lui a dit qu'il ne permettrait à personne de lui faire du mal, tandis qu'il tenait ses poignets. Elle s'est sentie à l'aise en notre présence, elle nous a fait confiance et s'est soumise à l'examen. J'ai jamais rien vu de plus beau que ses orgasmes, pendant qu'Ander la tenait et que je regardais.

Elle a perdu son sang-froid avec la sonde médicale. J'ai hâte de l'entendre hurler de plaisir quand Ander et moi allons la baiser, la dilater, la faire jouir.

L'un des hommes nous conduit dans le couloir et appuie sur un bouton dans le mur, c'est la quatrième porte. Il s'incline. « Une chambre privée. »

Je m'incline vers l'homme qu'Ander a frappé en plein visage il y a quelques minutes à peine. Il n'y a aucune animosité entre nous, l'autorité et le respect envers les partenaires de nos guerriers a son importance, le collier qu'elle porte au cou est la marque permanente de notre propriété. Nous lui appartenons. Nous sommes prêts à mourir pour la protéger, être les pères de ses enfants et lui donner du plaisir.

Ander remercie l'homme et ferme la porte derrière nous. Je regarde la chambre. Un lit, une table, une chaise, une porte donnant sur la salle de bain. C'est simple. Basique. Peu importe du moment qu'on est seuls et que le lit est grand.

La façon dont elle a réagi aux sondes médicales—une fois calmée et rassurée—est digne d'anthologie. Elle est extrêmement réactive, non seulement à la stimulation, mais aux sangles qui enserrent ses hanches, à la poigne d'Ander sur ses poignets, à ses ordres.

Le vagin de notre partenaire a commencé à se tremper

lorsqu'Ander lui a donné des ordres. Jessica ne peut rien nous cacher, ça lui a plu d'être attachée, ça l'a excitée de sentir la force d'Ander maintenir ses poignets. Son orgasme a été puissant, ses cris ont résonné dans la chambre, j'ai bandé comme un taureau, j'avais trop envie de la sauter, de la faire encore jouir.

Elle est trop fougueuse, trop têtue, pour s'abandonner. C'est une guerrière, comme nous. Mais sa réaction aujourd'hui a révélé la vérité : elle est butée et rebelle, certes, mais elle recherche un partenaire au caractère dominateur, un partenaire avec lequel elle se sentira assez en sécurité pour se laisser aller.

Je serai ce partenaire. Ander aussi. Si elle veut ressentir notre puissance et notre domination au lit, on va le lui prouver. Elle n'est pas vierge mais vu son air surpris quand elle a eu son orgasme, je doute que les hommes qu'elle a fréquentés lui en aient procuré de semblables. Elle ne s'est jamais sentie assez en sécurité pour s'abandonner totalement.

Qu'on ait été apparié prouve que mes conclusions sont exactes. Je meurs d'envie de la dominer, de l'exciter et de faire durer son plaisir jusqu'à ce qu'elle me supplie d'arrêter. Le calme d'Ander l'excite également. Ander et moi savons quels sont nos besoins, nous sommes à l'aise dans nos rôles de partenaires, nous ne lui cachons pas nos désirs les plus inavouables. Jessica, c'est tout le contraire. Elle se comporte comme si ses désirs la surprenaient. Il est évident, vu toutes les émotions qui tourbillonnent via notre collier, que son mental lutte contre son corps. Son ego et son endoctrinement la forcent à résister, mais son corps est incapable de mentir. Les protocoles d'accouplement du centre de recrutement ne mentent pas. Elle a besoin de tout ce qu'on lui a donné.

Ma verge est aussi dure qu'une canalisation de Prillon, si je ne la baise pas immédiatement, je vais à coup sûr jouir dans mon froc. Les colliers nous relient, je sens non seulement le désir persistant de Jessica, mais également la hâte d'Ander. Notre connexion est intense, forte, torride. Je jette un œil à Ander, qui hoche imperceptiblement la tête.

On va la sauter. Grâce aux colliers, on va satisfaire tous ses désirs. On saura immédiatement si quelque chose lui déplaît. On va commencer.

« Je suis officiellement une épouse Prillon puisque je porte votre collier ?

— Oui. Tu nous appartiens désormais. Je la pose devant nous, retire la couverture de ses épaules et l'envoie sur la chaise dans le coin. Elle n'a plus besoin de se couvrir. « On va connaître tous tes secrets, Jessica. Tu ne pourras plus rien nous cacher. »

Elle frémit mais baisse ses mains le long de son corps. Elle se tient comme une reine, royale. Mon sexe s'agite au point de sortir de mon pantalon. « Je ne comprends pas. Je ne vous cache plus rien. »

Ander penche la tête et lève un sourcil. « Si, partenaire. Tu te caches, y compris de toi-même. »

Une montée de plaisir envahit notre connexion tandis que Jessica répond à sa voix impérieuse. Elle se lèche les lèvres. « Comme quoi par exemple ? Je suis nue devant vous et je porte votre collier. Qu'est-ce que je pourrais bien vous cacher ?

— Comment tu aimerais qu'on te baise, » répondis-je.

Elle relève le menton et esquisse un sourire.

« *Vous* allez *me* dicter ce que j'aime ? » Elle arque un sourcil.

« Non, répondis-je simplement. Ton corps va nous révéler tes secrets inavouables. »

Elle recule tandis que j'avance et je poursuis, « Tu as envie qu'on te défonce.

– Qu'on soit sauvages, » ajoute Ander. Il soulève sa chemise, la passe par-dessus sa tête et la jette par terre.

Elle regarde le torse d'Ander sans bouger.

« Il faut que tu te laisses aller, qu'on te dise ce que tu dois faire.

– Je—non.

– Tu dois céder lorsque tes hommes veulent te baiser, clarifiais-je. Tu as tous les droits lorsque tu es une guerrière mais nue en notre présence, tu dois faire ce qu'on te dit. »

Elle fait un autre pas en arrière, sa poitrine se soulève tandis que son excitation va crescendo. Elle se retourne, la base du plug écarte ses fesses. Mon sexe palpite. Ça me gêne, je défais mon pantalon.

« Et si j'ai pas envie ? Et si c'est vous qui vous trompez ? » Elle lève la main pour toucher sa poitrine et son cou, elle est nerveuse, je trouve ce geste extrêmement touchant. Ce qu'on lui offre lui fait envie mais elle a peur de le prendre.

« Tu nous fais confiance, Jessica ? Tu sais qu'on ne va pas te faire mal ? Tu nous crois quand je te dis qu'on est assez forts et assez sérieux pour te protéger et t'aimer ? Tu nous crois si je te dis que notre seul désir est de te rendre heureuse, et de satisfaire tes envies ? »

Sa main s'immobilise sur son cou, elle regarde le sol pendant de longues secondes qui nous paraissent un siècle, à Ander et moi. Il retient son souffle. On retient tous les deux notre souffle, on attend sa réponse, on attend sa permission pour la sauter. Cette femme fragile tient nos cœurs et notre bonheur entre ses mains.

Je m'avance vers elle, je l'attire dans mes bras enfin que son oreille repose sur ma poitrine, au niveau de mon cœur. Je l'enlace étroitement, je caresse la courbe de son dos et de sa hanche d'une main tandis qu'Ander la regarde avec un désir croissant, je sais que j'ai exactement le même regard. Je mets mon autre main dans ses cheveux, je l'attire doucement contre moi, comme un cristal précieux.

« Tu entends le battement de mon cœur ? Il bat pour toi. Toutes les cellules de mon corps sont pour toi, pour que tu te sentes bien, pour ta sécurité, pour ton plaisir. Les colliers que nous portons autour du cou indiquent que tu nous appartiens, partenaire, mais en fait, c'est nous qui t'appartenons. Nous sommes exclusivement à ton service. Nous combattrons pour toi, nous tuerons pour toi, nous mourrons pour toi. Nous ferons tout ce qui est en notre pouvoir pour que tu te sentes en sécurité, protégée et aimée. Si tu nous y autorises, Jessica. » Je prends son visage dans ma main et tourne sa tête afin de regarder ses yeux bleu clair. « Dis oui. Accepte notre lien. Laisse-nous t'aimer." »

Un mot. C'est tout ce qu'on lui demande pour qu'elle nous appartienne pour toujours. Un mot pour nous libérer, la toucher, la baiser, la marquer à jamais.

« Oui. »

Je l'embrasse doucement, tendrement pour la récompenser de son cadeau. Je ne proteste pas lorsqu'Ander tend la main et l'attire vers lui. Je sais qu'il meurt d'envie de la toucher lui aussi.

J'enlève ma chemise et la jette à terre tandis qu'Ander conduit Jessica vers le lit. « Mais d'abord, chère partenaire, on va te punir.

– Punir—quoi ? Pourquoi ? »

Il contourne le lit, l'accule de façon à ce qu'elle n'ait pas d'autre choix que de grimper sur le matelas. Ce n'est que lorsque ses genoux sont sur le lit que je lâche sa main et glisse mon bras autour de sa taille. « Ton entêtement à désobéir à Nial tout à l'heure nous a conduit à blesser deux de nos frères et à saccager la salle d'examen du docteur.

– J'ai dit que j'étais désolée. Je ne savais pas. » Elle est à quatre pattes, il caresse ses fesses nues tout en murmurant à son oreille.

« Ce n'est pas suffisant. Tu t'es mise en danger pour rien, partenaire, bien que Nial t'ait avertie. Tu as réfléchi à ce qui aurait pu arriver si Nial ou moi n'avions pas remporté le défi ? » Sa main s'abat durement sur ses fesses nues.

Pan !

L'empreinte rouge d'une main se matérialise et elle lutte pour retenir son souffle, elle va devoir y passer. Elle rougit tandis qu'Ander lui frappe à nouveau les fesses. « Qu'est-ce qui vous prend putain ? »

Ander secoue la tête. « Surveille ton langage, partenaire. »

Il la fesse de nouveau. Encore.

Elle halète, ses tétons durcissent et elle ferme les yeux tandis que je sens l'excitation envahir son vagin. « C'est stupide. Je suis pas une gamine.

– Non, effectivement. Tu es à moi. Tu es à Nial. On va te donner du plaisir. On va s'occuper de toi. En cas de danger, on te protègera. » *Pan. Pan.* « Si tu te ligues contre nous et te mets en danger, on te punira. On te donnera la fessée jusqu'à ce que tes fesses soient rouge vif et que ton corps te brûle. »

Une sensualité aveuglante s'empare de mon collier tandis qu'Ander lui parle. Je baisse mon pantalon et masturbe ma bite en érection tandis que je l'observe la dominer. Elle mord ses lèvres et gémit, ses seins balancent à chaque coup qu'Ander administre sur ses fesses rondes.

Sa peau parfaite change rapidement de couleur tandis que sa main s'abat à différents endroits. Je ne peux m'empêcher d'être fasciné par ses fesses qui s'agitent sensuellement.

« Ander ! »

Mon second poursuit la fessée jusqu'à ce qu'elle baisse la tête, sa chatte est si humide que je vois son excitation luisante de là où je suis. Ander enfonce alors deux doigts dans son vagin par derrière.

« T'aime quand ça fait mal hein, Jessica ? Tu veux que je continue ? » Il retire ses doigts luisants et mouillés de son vagin et les enfonce plus profondément encore, en caressant son clitoris du doigt. « Tu veux que je tape plus fort ? »

Elle secoue la tête, on sait où elle veut en venir. Ander grogne et la doigte, il s'enfonce profondément tandis que le désir de Jessica envahit nos colliers. Je me mets à côté d'elle et caresse sa taille fine et marquée, tout en contemplant le plug enfoncé dans son cul. Je m'approche de son oreille. « Tu veux qu'on te baise avec le plug en place ? Tu veux qu'on te dilate jusqu'à ce que ce soit tellement bon que tu hurles ?

— Oh, mon Dieu. Je peux pas. Je peux pas. » Elle gémit, secoue la tête tandis que je la fesse à mon tour, j'adore ressentir sa douleur via le collier et la chaleur qui s'ensuit. Elle adore la fessée. Elle adore ce qu'Ander est en train de lui faire, il se sert de ses trois doigts pour dilater son vagin, tout en tirant et jouant avec le plug dans son cul.

Il ne l'enlève pas mais l'enfonce et le retire de manière à dilater son vagin et son cul, lui mettre le feu tandis qu'il doigte son vagin brûlant. La sueur perle sur sa peau, elle agrippe les draps de toutes ses forces.

« Tu as oublié. Les colliers nous relient. Tu ne peux pas nous mentir. Je sens que tu luttes intérieurement, tu luttes contre cette douleur et tu essaies de comprendre comment la douleur peut provoquer du plaisir. »

Je la fesse à nouveau, le bruit emplit la salle.

Cette fois-ci, Jessica gémit. « Oh, mon Dieu.

— Je ne suis pas un dieu, mais tu peux m'appeler maître. » Je m'approche, prends un sein dans ma main, pince le téton et tire dessus tout en la fessant.

« Ta chatte ne ment jamais. Les colliers ne mentent jamais. Rends-toi, Jessica, ne te pose pas de questions, accepte simplement et on te procurera du plaisir comme jamais. Je parie que tu n'imaginais pas que ce serait aussi bon d'avoir un truc dans le cul. Il n'y a pas de honte à succomber au désir procuré par tes partenaires. »

Ander baisse la tête et mordille ses fesses rouges, juste assez pour qu'elle s'agite, tandis que je titille son sein. On ne la lâchera pas tant qu'elle n'aura pas avoué. On le sent via notre collier, elle le sent dans chaque cellule de son corps, mais elle doit l'accepter. Elle finit par baisser les épaules, ses doigts relâchent le drap, elle baisse la tête. Elle abandonne, elle nous laisse maîtriser son corps, ses envies. La vérité.

« Oui, maître, elle halète.

– Tu veux qu'on te baise ? » demande Ander.

Elle se tortille tandis qu'il retire ses doigts et les lui tend. « Ouvre la bouche, goûte la perfection. »

Elle obéit, il glisse le bout de ses deux doigts dans sa bouche. Le goût emplit son corps de désir, je glisse mon propre doigt dans son vagin et le retire pour la goûter à mon tour. Elle est douce et chaude, mon sexe palpite d'envie de la pénétrer profondément.

Je recule, ôte mes vêtements restants tout en fixant son sexe à l'air, béant, gonflé et luisant. J'avoue que la vue du plug dans son cul est particulièrement tentante. Sans compter ses fesses rouges et chaudes, je suis comblé. J'ai hâte de décharger en elle, d'enduire son sexe de mon fluide, de nous accoupler. Son goût m'attire. Je lui appartiens corps et âme. Aucune autre femme ne pourra me combler. Je lui appartiens, il est temps que notre lien s'accentue.

« Je vais te baiser maintenant. Je vais enfoncer ma grosse bite dans ta petite chatte. »

Jessica rejette la tête en arrière tandis qu'Ander la force à rester immobile en passant sa main autour de son cou. Son dos se cambre magnifiquement, son cul pointe et ses cuisses sont grandes ouvertes tandis qu'elle ondule des hanches en signe de bienvenue.

« Ander va se branler dans ta bouche. Tu nous as créé des ennuis, partenaire, il va faire en sorte de s'occuper de toi. »

Ander se déshabille à son tour, nous sommes prêts.

Elle relève la tête et écarquille les yeux en voyant sa queue pour la première fois. Elle est longue et épaisse, son gland est vraisemblablement trop gros pour elle. Elle veut pourtant le prendre dans sa bouche ; elle veut le prendre entièrement. Je le sens, je sens qu'elle a envie de l'engloutir et de lui faire une gorge profonde. Une goutte de liquide séminal perle du gland.

« Lèche-la. » Ander s'approche, pose un genou sur le lit afin que son sexe touche sa bouche. Elle n'a pas d'autre choix que d'ouvrir la bouche et d'enrouler sa langue autour.

Je manque jouir en voyant sa petite langue rose lécher le sperme. Elle gémit et ferme les yeux d'extase tandis que le fluide d'accouplement contenu dans son sperme envahit ses sens. Je la regarde, stupéfait, tandis que son sexe se contracte sur du vide, il m'attend.

Je ne peux plus attendre. Je m'approche d'elle, empoigne la base de mon sexe et le place devant son orifice palpitant. Je pose une main sur sa hanche et me regarde en train de la pénétrer, mon sexe disparaît peu à peu en elle. J'écarte ses fesses, je l'écartèle, les lèvres de sa chatte s'écartent sur mon membre épais, la chair douce et rose se dilate et s'entrouvre et je m'enfonce profondément.

Je pose ma main grande ouverte sur ses fesses parfaites, place mon doigt à la base du plug dans son cul, je le fais bouger à l'intérieur et à l'extérieur, lui procurant d'autres sensations. Je sais grâce au collier qu'elle se prépare à être possédée, elle adore ça. Elle n'a pas mal, c'est du plaisir à l'état pur.

Je m'enfonce et la pénètre jusqu'à la garde, je ne peux pas aller plus loin et je reste là, elle lèche avidement le gland d'Ander, chaque goutte de liquide séminal se rajoute à son excitation, son vagin se contracte sur ma bite tel un poing.

De ma main libre, je saisis ses longs cheveux, j'enroule ses mèches soyeuses autour de mes doigts. Je tire doucement en arrière, elle se retrouve dans la position idéale pour accueillir Ander. À fond.

« Ouvre-toi, partenaire, et prends-nous tous les deux, » Ander se penche de façon à ce que son gland entre dans sa bouche, il la force à entrouvrir les lèvres.

Elle ouvre spontanément la bouche et engloutit le gland d'Ander. Il est clair qu'elle a envie de sentir le fluide séminal sur sa langue.

« Tu veux qu'on te baise maintenant ? » Ander soulève le menton de Jessica, elle le regarde. Elle murmure son consentement, elle ne peut pas parler avec la bouche pleine.

« Tu vas nous prendre tous les deux, partenaire. Maintenant. »

12

Nial

JESSICA FERME ses paupières en entendant l'ordre d'Ander et elle se presse contre lui, elle essaie de me forcer à bouger, pour que je la baise plus ardemment.

Ander se refuse à elle, il la maintient et lui parle. « Je vais baiser ta bouche pendant que Nial baisera cette chatte humide et torride. »

Je me retire de son vagin pile au bon moment, m'y enfonce à nouveau, la pénètre profondément, jusqu'à toucher son col de l'utérus. J'ai envie de jouir en elle, de l'inonder de sperme, que mon enfant croisse dans son ventre. Mais on n'a pas terminé avec elle, pas encore. Je laisse Ander lui parler, la guider vers ce à quoi on tend. Il connaît ses besoins, il sait comment la faire obéir au son de sa voix, à ses ordres, pour son plus grand plaisir.

Prise par ses partenaires

Il la pilonne en même temps que moi, nous la baisons à l'unisson, on s'enfonce et on se retire en rythme.

« On ne n'enfonce pas assez, Jessica. Ouvre-toi. Prends-nous. Avale-moi. Encore. »

Elle se penche en avant, l'avale plus goulument tandis que nous nous enfonçons profondément, elle se retrouve piégée entre nos deux bites en érection.

« C'est bien. Et maintenant, Nial va te sauter avec sa grosse bite. Tu as envie de sentir sa queue hein ? »

Je l'attrape par les hanches, mes doigts s'enfoncent dans sa peau douce tandis que je la baise de plus en plus violemment et rapidement, il continue de lui parler. Des mots crus. Des paroles inavouables. Elle aime ça. Le bruit produit par sa chatte humide emplit la pièce. À chaque fois que je me retire de son cul, je force son corps à avancer, de façon à ce que le sexe d'Ander s'enfonce plus profondément dans sa bouche. Elle ne peut pas nous échapper, elle ne peut se dépêtrer de nos deux énormes membres tandis qu'on la baise, qu'on la pénètre. Elle gémit à chaque pénétration, Ander gémit à son tour, les veines de son cou saillent comme s'il luttait pour garder son calme.

Je comprends parfaitement son problème. Un plaisir délirant va crescendo, nos colliers ne font qu'accentuer les sensations, le plaisir nous enveloppe, de plus en plus présent.

« Il est à fond hein, partenaire ? Tu veux que ton prince bouge le plug dans ton cul ? T'as envie qu'il te baise avec ? Tu veux qu'on baise tes trois orifices ? »

Il se retire complètement et elle se lèche les lèvres, le regarde d'un air absent. « Oui.

– Oui, maître.

– Oui, maître. Je t'en supplie. Je t'en supplie. Oui. Je t'en supplie. » Sa voix est rauque de désir et de désespoir. Elle ne réfléchit plus, à cet instant précis, elle nous appartient totalement et complètement. Son corps est son univers, nos bites et notre domination l'ancrent dans la réalité. J'adore la voir ainsi, détendue, passionnée et totalement libérée.

Ander frotte sa lèvre inférieure en se masturbant devant elle, il se branle vigoureusement, une grosse goutte de liquide séminal s'échappe de son gland. Elle regarde, hypnotisée tandis qu'il se penche et frotte le fluide d'accouplement sur ses lèvres. Je réprime un grognement tandis que son sexe enserre ma queue comme un étau. Je prends le bout du plug anal et le retire juste assez pour apercevoir son joli petit orifice tout rond se dilater et commencer à s'ouvrir, pas suffisamment toutefois pour que le plug sorte entièrement.

Je l'introduis à nouveau dans son corps et Ander lui lance son prochain ordre. « Prends ma bite, partenaire. Prends-la toute. »

Jessica le prend en bouche, ses joues l'avalent et elle écarte ses mâchoires pour s'adapter à sa taille. Il met son poing dans ses cheveux et je relâche ma poigne sur sa chevelure dorée afin qu'il la force à obéir. « Remplis ta bouche et laisse-moi te baiser. Oui, c'est bon. Encore. Oh oui tu t'en sors bien. Plus profond. *Oui.* »

Jessica enfouit son nez dans la toison claire et bouclée de son sexe, je me retire et la baise ardemment. Elle se plaque contre la bite d'Ander, le prend entièrement en bouche.

Ander se retire afin qu'elle puisse reprendre son souffle et je fais de même. Elle s'agite, elle se sent vide—le collier nous indique qu'elle ne peut le supporter, nous sommes entièrement à l'écoute de ses besoins—et je la pénètre à nouveau. Je la pilonne violemment, je la pénètre et la pousse contre la bite d'Ander. Je la prends comme elle prend Ander. Elle est entre nous deux, elle se donne à fond.

« Tu aimes ça. Tu aimes qu'on te dise ce que tu dois faire. Tu aimes être entre deux hommes. Te donner à fond. Ah tu vois, Nial va s'amuser avec ton joli petit cul. Il va te sodomiser avec le plug. » Ander serre les dents tandis que le plaisir de Jessica surgit telle une force obscure dans nos corps.

« Ne t'occupe de rien, partenaire. Ne t'occupe de rien quand on te saute. Pourquoi ? Parce que c'est ce que tu veux. On sait ce que tu veux, ce dont tu as besoin. On connaît le moindre de tes désirs. »

Ander parle tandis que nous la baisons. Elle ne le quitte pas des yeux, il enlève les cheveux de son visage tandis qu'elle continue sa fellation.

« Comment on sait que t'aimes faire ça à la sauvage ? Parce qu'on est accouplés. Tu es la partenaire idéale. *Nous sommes* des partenaires idéaux. Tu jouiras quand on te le dira, » dit Ander. Elle s'agite.

Elle ne va pas tarder, elle va bientôt jouir. Je ne vais pas tenir bien longtemps, elle est chaude et toute glissante. Je suis content qu'Ander impose le rythme. Notre partenaire aime ses mots crus et ses ordres, je profite simplement de son corps. Pendant des années, en tant que prince, j'ai assumé mes responsabilités et pris des décisions qui ont pesé sur des millions de vies. Pour une fois, je suis un homme comme un autre, libre de me consacrer entièrement à ma partenaire, de sentir son sexe humide sur ma queue, de ressentir le plaisir qui la parcourt tandis que je la sodomise avec le plug anal et qu'Ander lui prend sa bouche. Je suis libre, tout ce qui compte est de baiser la seule femme qui compte à mes yeux dans tout l'univers. Son corps est désormais mon refuge. Son plaisir intense *m'appartient.*

Ce simple mot emplit mon esprit tel un chant incantatoire et j'effectue des mouvements de va-et-vient dans son vagin. *Mienne. Mienne. Mienne.*

Je lui donne la fessée et elle frémit sur la bite d'Ander. Je sais qu'à tout moment, sa jouissance provoquera un ouragan de plaisir douloureux auquel je ne pourrais pas résister.

Je vais jouir.

Et après, je la baiserai encore.

Jessica

Oh, mon Dieu.

J'ignore à quel moment ça s'est produit mais je me retrouve entre deux hommes. Pour la deuxième fois, complètement écervelée, seulement en leur présence. J'ignore à quel moment j'ai perdu la maîtrise de mon corps, ma capacité de réflexion. Et je m'en fiche.

Je n'ai plus envie de penser. J'ai envie d'appartenir à quelqu'un, corps et âme. J'en ai marre de me sentir seule et isolée. J'en ai marre de faire face, toute seule. Je n'ai plus aucune barrière, je n'ai plus envie de lutter.

Aucune. Je flotte, envahie par une intense satisfaction

tandis que j'engloutis les sexes de mes partenaires plus profondément dans ma gorge et ma chatte. Leur attention est savamment ciblée, leurs mots crus et leurs sexes en érection me conduisent au paroxysme, je me révèle pleinement. Ils me veulent sauvage et consentante, que j'accueille leurs mains et leurs bouches, leurs bites et leur vénération. J'en ai envie, ils me comblent, mes jambes tremblent et mon cœur menace de bondir hors de ma poitrine. J'ai encore mal au cul de la fessée, ils m'ont allumée, la brûlure torride se répand tel un incendie dans mes veines. Je suis sur le fil du rasoir, ils font exprès, je suis à deux doigts d'un orgasme explosif, ils ne me laissent pas jouir, ils veulent décupler mon désir.

Je regarde mon second, Ander, tout en faisant une gorge profonde à son énorme bite. Le goût de son sperme est une drogue dont je ne peux me passer. Au début je n'arrivais pas à respirer et j'ai un peu paniqué mais il a gardé sa main sur mon menton et ses yeux rivés sur les miens. Je sais qu'il n'allait pas me faire de mal, qu'il me pousserait à dépasser mes limites, sans me mettre en danger. Ma vie est entre ses mains à cet instant précis, je lui fais confiance pour qu'il me laisse respirer, je lui fais confiance pour qu'il veille sur moi tandis que je lui donne du plaisir.

Une fois rassurée, je me suis donnée à fond pour le combler en lui faisant une fellation. Il a un goût, viril et sauvage, sentir sa grosse bite épaisse et torride m'excite au plus haut point.

Ander tire mes cheveux, je le regarde, j'ai hâte de le satisfaire, de faire ce qu'il veut de moi. Il recule et saisit son sexe à pleine main. « Suce mon gland, partenaire. Suce-le comme si c'était la meilleure chose que t'ai jamais goûtée. Suce-le comme si t'allais mourir si tu ne le suçais pas. »

Je souris et ouvre la bouche, je prends son gland et l'explore du bout de la langue tandis qu'il continue, « Si t'arrive pas à me faire jouir dans la minute qui suit, Nial arrêtera de te baiser. Il va se retirer de ta chatte et tu seras vide. »

Ander gère la situation, Nial enfonce sa bite en moi et je me sens en sécurité, dans son silence rassurant. C'est un roc, mon refuge, Ander est mon ouragan. Dans cette pièce, avec le peuple Prillon, Nial a le pouvoir ultime, le pouvoir du prince. Désobéir à Ander me coûterait le plaisir de sentir la bite de Nial en moi, alors, j'obéis à Ander.

Je le suce avidement, il frémit et gémit, sa main s'agite tandis qu'il essaie de garder son sang-froid. Je ne peux pas le laisser faire. Il doit s'abandonner avec la même intensité que je me suis livrée à eux. Je veux qu'il jouisse dans ma bouche. Je veux avaler son sperme, qu'il sache exactement à qui il appartient.

Qu'est-ce que ça fait ? Une femme qui obéit de son plein gré aux ordres d'un homme ? J'ai combattu toute ma vie contre cette soumission, et voilà où j'en suis, en train de me faire sauter par deux hommes comme une star du porno. Je devrais me sentir diminuée par les paroles crues d'Ander. Mais ce n'est pas le cas. Je me sens toute puissante parmi eux, telle une reine face à ses deux courtisans, si captivés, si hypnotisés par mon corps, ma bouche et ma chatte, par ma reddition, qu'ils en perdent leur sang-froid.

C'est torride. J'aime les mots crus, leur façon taboue de me baiser. Je ne fais qu'un avec eux, quasiment empalée par deux bites. Même si je le voulais, je ne pourrais aller nulle part, et de toute façon, je n'en ai pas envie. Je veux qu'ils m'appartiennent tous les deux. Je veux qu'ils me voient désormais en se souvenant de moi à cet instant précis, qu'ils me désirent.

Nial empoigne la base du plug et lui fait faire des mouvements de va-et-vient, comme si c'était un sexe. Je suis comblée. Tous mes orifices sont remplis, baisés et dilatés.

Je ne ferme pas les yeux, je regarde Ander. Je le regarde pendant que je le suce, je lui obéis. Il doit savoir que je lui appartiens, que j'ai envie de le sentir en moi plus encore que de respirer.

Le *besoin* de lui obéir est plus impérieux que celui de jouir.

« Je peux plus tenir, » rugit Nial tandis que ses hanches heurtent mes fesses, enfonçant le plug bien profond.

« Jessica, » grogne Ander et j'agite ma langue contre son gland tandis que j'enserre la bite de Nial de toutes mes forces dans mon vagin. Nial pousse un grognement et je continue tandis qu'Ander nous donne ce qu'on attendait.

« Encore trois coups de bite de Nial, partenaire, et tu pourras jouir. »

Cette permission déferle en moi telle une décharge électrique, je vais puiser au fin fond de ma réserve de volonté pour retenir mon orgasme, je ferme les yeux tandis que Nial me pilonne à fond.

Un.

La bite d'Ander se tortille dans ma bouche.

Deux.

La main de Nial se fige sur ma hanche, il agrippe ma

chair encore endolorie par la fessée.

Trois.

Nial me donne de violents coups de boutoir, il me pénètre complètement. Son sperme chaud gicle en moi et je jouis.

Ander rugit tandis que son sexe s'enfonce encore plus profondément, il touche le fond de ma gorge tandis que le jet de son sperme dégouline, me réchauffe comme une rasade de whisky.

Leur sperme m'envahit, je ne sais plus où je suis tandis que des vagues de plaisir me submergent, mes tétons durcissent, les parois de mon vagin se contractent sur la bite de Nial et sur le plug anal. Je savoure le goût acidulé d'Ander sur ma langue tandis que leur fluide brûlant coule en moi, me berce et me drogue d'un plaisir torride et doux à la fois.

Ander se retire pour que je reprenne mon souffle et Nial fait de même. Il retire doucement le plug tout en doigtant mon clitoris, mon corps est tellement prêt que je jouis à nouveau tandis qu'il retire le plug, me dilate et pince mon clitoris.

Les deux hommes me laissent, je me sens soudainement vide. Je m'écroule sur le lit, le goût acidulé et unique du sperme d'Ander reste sur ma langue, celui de Nial dégouline de ma chatte sur mes cuisses.

Je n'arrive pas à reprendre mon souffle, je ne peux pas bouger, même si je le voulais.

J'ai besoin d'air, je regarde mes hommes. Leurs sexes sont toujours en érection, rouges et luisants, tout glissants de mon excitation, de ma salive, de leur sperme. Ils sont côte à côte et me dévisagent.

« C'est pas encore terminé, partenaire." Les mots

d'Ander me font de l'effet, mes tétons durcissent instantanément, mon sexe vide palpite. Ils ont l'air comblés, leur expression est moins intense, mais leurs bites sont toujours aussi raides. Ils sont prêts à recommencer ?

« Tu vas me sodomiser ?
– Tu n'es pas prête. Bientôt.
– Ma… ma chatte alors ? »

Nial prend la parole. « Ta chatte m'appartient jusqu'à ce que tu tombes enceinte. Mon sperme doit te mettre enceinte. En tant que premier partenaire, ton premier enfant m'appartient de droit. Lorsque tu seras enceinte de moi, on pourra se partager ta jolie chatte. Il te sodomisera lorsque tu auras assez d'entraînement."

Mais alors— je fronce les sourcils. Vous voulez quoi ? » Je leur ai donné tout ce que j'avais.

« Je sens ton désir. Tu n'es pas comblée, » répond Ander.

C'est vrai. Je devrais être épuisée ou endormie, ou du moins, endolorie. Je n'éprouve rien de tout ça. En fait, j'ai envie qu'ils continuent. « Comment—

– Tu as oublié, partenaire, qu'on connaît tes besoins, » répond Nial. Il a laissé Ander commander jusqu'à maintenant, mais son air tendu me laisse subodorer que ça va changer.

« Ecarte les cuisses et fais voir ta chatte. »

Je devrais être révoltée par l'ordre de Nial mais je ne peux qu'obéir. Ils m'ont procuré du plaisir, il n'y a pas lieu de tergiverser. De plus, je les ai baisés tous les deux, pas de fausse modestie.

Je m'installe doucement sur le dos et écarte les jambes. Je plie les genoux, afin qu'il ait une vue plongeante.

« Et maintenant, montre-moi comment tu te masturbes. »

Nial s'agenouille au pied du lit et attrape ma cheville. Ander fait de même, ils sont pile au *bon endroit* et voient *tout*. Impossible de passer à côté de mes lèvres gonflées. Ou du sperme qui enduit mes doigts. Ou de mon énorme clitoris qui palpite. Ou de mon vagin qui se contracte, réclamant sa bite. Ou de mon anus, probablement rouge et endolori par le plug anal.

« Enduis ta magnifique chatte avec mon sperme, » ordonne Nial.

J'obéis et je sens son sperme torride et glissant, ça m'apaise, ça m'excite. *C'est* aphrodisiaque. On dirait de la C-bomb. Je suis accro au désir de mes hommes.

« Oh, mon Dieu, je gémis, en effectuant des cercles autour de mon clitoris avec le sperme de Nial.

– Lèche tes doigts. »

Je les porte à ma bouche et les lèche tandis que Nial s'agenouille entre mes jambes et me pénètre.

Le goût du sperme de Nial s'ajoute à celui d'Ander, Nial est sur moi, son énorme sexe m'écartèle. Ander grimpe sur lit et s'agenouille au niveau de ma tête. Il se penche et écarte mes jambes pendant que Nial me baise. J'agrippe les draps avec les poings mais Ander s'en empare et les place derrière ma tête, sur sa queue.

« Suce mes couilles pendant qu'il te baise, partenaire. Pompe ma bite avec tes mains et suce mes couilles jusqu'à ce qu'il te fasse jouir. »

Oh, mon Dieu ! Il me parle si crûment, c'est vraiment un voyou. J'ondule des hanches, j'enroule mes chevilles autour des hanches de Nial, je m'agite et le supplie de continuer à me baiser, grâce au peu de souffle qui me reste. Je besogne la bite d'Ander avec les mains, je le branle, je suis si connectée grâce au collier que je sais exactement ce qu'il aime.

Je suis essoufflée, je le lèche à nouveau, je supplie Nial de me baiser plus vite, de titiller mon clitoris, de me toucher.

Le plaisir va crescendo, les sensations véhiculées par le collier se gravent dans mon esprit. La sensation éprouvée par la bite de Nial tandis qu'il me baise. La joie procurée à Ander lorsque mes mains enserrent étroitement sa bite. Leur satisfaction et leur plaisir tandis que je me cambre et gémis, que je les supplie de se dépêcher, de me faire hurler.

Nial glisse sa main entre nous pour titiller mon clitoris tandis qu'Ander tire et pince mes seins. Je le suce et sens qu'il perd son sang-froid, je sens son sperme chaud gicler tandis que le liquide brûlant atterrit sur mes seins. Il le fait pénétrer dans la peau, le fluide d'accouplement m'arrache un cri tandis que je suis ébranlée par des orgasmes à répétition.

Nial me baise jusqu'à ce que je n'en puisse plus, jusqu'à ce que je sois engourdie, il me pénètre jusqu'à la garde. Je suis perdue. Je suis ruinée. Je suis souillée, je suis une traînée, je leur appartiens corps et âme. J'adore ça. Bon dieu j'adore ça.

Ils s'allongent à côté de moi, Nial devant et Ander derrière et nous nous effondrons comme des masses sur le lit, épuisés mais comblés. Ils me regardent, ils me caressent et m'apaisent, ils me remercient et me disent que je suis spéciale, précieuse. Je leur appartiens.

Je ne me suis jamais sentie aussi comblée et heureuse de toute ma vie.

J'ignore combien de temps ils me caressent en silence et je bondis comme un lapin effrayé lorsque j'entends une alarme sonner.

J'entends un bip, puis un autre et la voix d'un homme. « Excusez-moi, Prince Nial. Un message urgent vient d'arriver pour vous.

– J'écoute, » répond Nial.

Je regarde son visage et lève la main pour effleurer ses joues et ses sourcils. Je caresse sa peau douce couleur argent – un cadeau de ses ennemis – mon regard et mes doigts effleurent son corps, de son épaule argentée jusqu'à son bras et sa main. Il porte ma main à ses lèvres et glisse un baiser dans ma paume tout en écoutant le message à travers le système de communication. J'essaie de ne pas avoir de mouvement de recul lorsque je m'aperçois que j'ai hurlé de toutes mes forces à chaque fois que j'ai joui. Les hommes de la Colonie doivent à coup sûr savoir ce qu'ils m'ont fait il y a quelques minutes à peine. Ont-ils écouté derrière la porte en attendant qu'on ait terminé pour délivrer le message ?

Cette idée me mortifie mais je fais fi de cette émotion. Je ne regretterais ce qui vient de se passer pour rien au monde. Merde alors, si je dois laisser des étrangers regarder la scène pour éprouver un tel plaisir, je le referai. Sans hésiter.

« Nous avons des informations urgentes, Prince Nial. Si vous pouviez venir en salle de commandes quand... il vous plaira, on vous mettra au courant.

– Court-on un danger immédiat ? Demande Nial et je sens Ander se contracter à côté de moi, sa main s'immobilise sur ma hanche.

« Non, prince. Si vous pouviez venir en—

– Dites-moi immédiatement ce qui se passe, ordonne Nial.

– Très bien, répond la voix. Ça concerne le Prime. Votre père a été tué. Son vaisseau a été attaqué par la Ruche sur le front. Il n'y a aucun survivant. »

Nial ferme les yeux un petit peu trop fort et contracte ses mâchoires. Ander serre ma hanche pour me rassurer mais je n'ai pas peur. Je m'inquiète de ressentir le regret et la douleur via la connexion avec Nial.

« Merci pour ces nouvelles. C'est tout ? demande Nial.

– Non. Le comité suprême de Prillon a décrété qu'il y aurait un Combat à Mort pour choisir l'héritier au trône. »

Ander pousse un juron et Nial a un regard qui me ferait trembler de peur s'il était dirigé vers moi. « Quand ça ?

– Demain au crépuscule.

– Évidemment. » Nial me regarde. Nous nous dévisageons tandis que j'essaie de lui faire comprendre que je suis de son côté, quoi qu'il arrive. « L'interdiction de transport de mon père a été levée ?

– Oui. Nous pouvons vous ramener chez vous dès que vous serez prêts.

– Nous ne serons pas longs.

– Hum, il y a autre chose monsieur. »

Nial fronce les sourcils. « Oui ?

– Le docteur me demande de vous rappeler que la princesse a promis d'entrer en contact avec Dame Egara sur Terre. La rumeur s'est répandue comme quoi il se pourrait qu'il y ait des épouses de disponibles, ça provoque des émeutes parmi les guerriers. »

Il me regarde d'un air interrogateur. Je souris et hoche

la tête. Bien sûr. Toute femme tournant le dos à des mecs aussi torrides serait folle à lier.

Le sourire de Nial est suffisant pour que je comprenne qu'il a parfaitement saisi mon emballement. « Bien sûr. La princesse la contactera avant notre départ demain.

– Merci monsieur. Communication terminée. »

Ander se colle contre moi et appuie sa tête sur mon épaule tout en regardant Nial. « Tu vas combattre pour le trône ? »

Nial hoche la tête. « Oui. Mais je ne devrais pas. Il m'appartient. »

Ander pousse un grognement et passe un bras autour de ma taille. « Tue-les tous, Nial. Pas de pitié.

– Je n'ai aucune pitié. »

Je ne comprends pas tout ce qui se passe mais je sais ce qu'est un Combat à Mort, mes yeux se voilent de larmes, des centaines d'émotions inconnues me traversent lorsque je regarde le visage de mon partenaire. Je n'empêcherai jamais Nial de se battre. Un guerrier est fait pour combattre, mais j'ai le droit de m'inquiéter. Et je lui offrirai mon réconfort quand il me reviendra victorieux. Il remportera la victoire. Il le faut.

Je prends son visage entre mes mains. « Si tu dois les tuer, fais-le vite partenaire. Et reviens moi. Tu m'appartiens désormais. »

Il me sourit. « Pour toujours. »

Je baisse la tête et ravale mes larmes. J'appartiens désormais à mes partenaires, corps et âme, une fois cette première sensation agréable passée, je vais me concentrer sur le père de Nial et ce stupide combat à mort pour le trône afin de trouver une solution pour que Nial terrasse ses ennemis. Il est à moi et personne ne me l'enlèvera.

13

Ander

Des étoiles oranges scintillent dans le ciel tandis que Nial et moi débarquons de la plate-forme sur Prillon Prime, notre partenaire entre nous, nous traversons la courte distance qui nous sépare de l'arène. La foule s'est déjà rassemblée sur le trottoir devant l'entrée de l'arène pour assister au duel à venir. Certains nous regardent d'un air terrifié, d'autres avec curiosité mais personne ne nous souhaite la bienvenue. Nial et moi sommes bien plus grands que la majorité des hommes de notre planète. Notre taille, notre armure et nos traits modifiés suffiraient à envoyer n'importe quel homme au tapis.

« Par ici. » Nial emprunte un couloir latéral et je le suis, veillant à ce que notre partenaire soit en sécurité entre nous.

« C'est magnifique. » Jessica porte une robe longue

rouge foncé, la couleur de la famille royale Deston. Le collier qu'elle porte autour du cou restera noir jusqu'à la fin de la cérémonie d'accouplement, mais Nial tenait à ce que tout le monde sache qui elle est, et j'ai donné mon accord. Comparée à l'armure noire et marron mate que portent la majeure partie des guerriers, on dirait une flamme dans un océan sombre.

Je ne suis venu qu'une seule fois au palais royal, il y a bien des années, lorsque j'ai été blessé la première fois, le Prime en personne avait épinglé une médaille sur ma poitrine, me proclamant héros du jour.

Je n'ai fait que survivre. Tout mon escadron y est passé, j'étais à bord du seul vaisseau ayant réussi à intercepter les ordres de la Ruche. J'ai gardé le contrôle de mon vaisseau et ai survécu à l'explosion. Mes frères d'armes sont morts et le chef de notre planète a fait de moi un héros.

J'avais juré ne jamais remettre les pieds ici. Je déteste cet endroit : les grandes colonnes en quartz, le murmure incessant des centaines de domestiques, et l'air effrayé des civils qui regardent le guerrier en armure et se moquent de lui, des étoiles plein les yeux.

Sur cette planète, les guerriers ne sont ni plus ni moins que de la vulgaire viande sur l'étal du boucher. Si nous survivons aux guerres, nous sommes alors des partenaires d'exception, forts et redoutés. Ils ont raison. Si l'un d'eux s'avise de se moquer de Jessica, je lui arracherai la tête et piétinerai ses restes. Cette possessivité est toute nouvelle, purement instinctive. Ma partenaire m'a bouleversé par sa débauche, sa reconnaissance et son désir de plaire. Elle s'est offerte à nous, s'est soumise totalement, je l'ai donc apprivoisée. Je me sens tout humble du fait qu'elle ait accepté mes cicatrices, mes besoins. Moi, tel que je suis. Pour la première fois de ma vie, je sais ce qu'être aimé veut dire.

J'aime Jessica. Et voilà qu'on menace de faire éclater notre famille. Je me suis proposé pour être le second de Nial sur un coup de tête, je m'attendais franchement à ce qu'il refuse. C'est la meilleure décision que je n'ai jamais prise. J'ai pu approcher Jessica, et je n'ai pas envie de la laisser tomber. Elle serait anéantie si elle perdait Nial. Elle est attachée à nous deux, mais il ne m'a pas échappé que lorsqu'elle a besoin de sortir de sa zone de confort, d'être sauvage et débridée, c'est vers moi qu'elle se tourne. Lorsque le monde est trop dur pour elle et qu'elle recherche la sécurité, c'est Nial qui l'apaise, Nial en qui elle a confiance.

Elle a besoin de nous deux, je ne veux pas qu'elle souffre.

Nial évolue facilement entre les couloirs dérobés et les portes secrètes, et je lui suis reconnaissant de ne pas avoir forcé le passage parmi la foule de spectateurs. Parvenus tout en haut de l'arène, Nial s'adresse à un garde, qui nous conduit Jessica et moi à une place attribuée, tandis que Nial doit descendre dans l'arène.

Jessica se jette dans les bras de Nial et l'embrasse passionnément, je bande, malgré la situation. Elle est torride, il lui appartient bel et bien. « Tue-les tous, et reviens moi. N'oublie pas que tu m'appartiens. Tu es à moi, mon prince. »

Nial hoche la tête mais ne dit mot, j'amène Jessica, nous suivons un garde en armure qui nous conduit à des sièges situés au milieu de l'arène. Nous sommes au premier rang, un mur en pierre nous arrivant à la taille sépare Jessica des combats se déroulant en contrebas.

Nous nous asseyons au moment où un bruit fracassant ébranle les chaises, tout le monde se tait, le silence est assourdissant, tous attendent l'annonce de celui qui va maintenant entrer dans l'arène.

« Le Prince Nial Deston. » La voix est tonitruante, l'agitation est à son comble. Les gens lancent des encouragements. D'autres le sifflent. Des bagarres éclatent tandis que les spectateurs se poussent pour essayer de mieux voir le prince, le prince contaminé avec son œil argenté.

Jessica prend ma main, je la serre tout en gardant l'autre posée sur mon arme, tandis que Nial marche au centre de l'arène devant nous. Face à lui, plusieurs grands guerriers sont alignés, ils se présentent devant le conseil suprême de Prillon.

À l'évocation du nom du Prince Nial, quatre concurrents se retournent sur le champ et sortent de l'arène. Jessica se penche pour voir l'un deux disparaître par un tunnel latéral. « Où va-t-il ? »

Je ne suis pas un homme politique mais je sais très bien ce qui se passe. « Il ne veut pas participer puisqu'il existe un héritier du trône légitime. Il déclare forfait."

« Oh, Dieu merci ! Ils ne sont plus que trois. » Elle a l'air tellement contente que je ne réponds pas. Trois ou sept, c'est du pareil au même pour Nial.

Je regarde Nial avancer, il s'incline devant le conseil suprême et revendique son droit au trône.

« Je suis le Prince Nial Deston, fils du Prime Deston, héritier légitime du trône Prillon. »

Un membre d'un certain âge se penche par-dessus le

muret qui les sépare de l'arène et agite son doigt en direction de Nial. « Tu as été renié, Nial. Tout le monde sait que tu es contaminé, tu ne peux prétendre à une épouse, ni à la couronne. »

Nial garde la tête haute, Jessica se lève d'un bond. Nial tend la main dans notre direction.

« Je vous présente ma femme et mon second, Jessica Smith de la planète Terre, et Ander, valeureux guerrier du cuirassé *Deston*. »

Un silence à couper au couteau s'abat tel une chape de plomb sur la foule, qui essaie de comprendre ce que Nial vient de dire. Aucun guerrier contaminé n'est jamais revenu sur Prillon, encore moins avec une femme et un second. C'est du jamais vu.

Deux concurrents s'inclinent devant Jessica et sortent de l'arène, déclarant eux aussi forfait pour l'accession au trône, il ne reste plus qu'un guerrier face à Nial.

Le membre du conseil qui a déjà pris la parole s'adresse à Nial. « Le seul concurrent restant est le Commandant Vertock Prime, Nial Deston. Qu'en dites-vous ? » Il prononce le prénom de Nial d'un air méprisant.

« C'est un combat entre guerriers, j'en ai le droit. Je vais affronter Prime Vertock dans un Combat à Mort pour le trône de Prillon Prime. » Nial se tourne face à son adversaire et la foule entière s'agite, tous ont hâte de voir le combat. Tous sauf Jessica.

Elle se tient bien droite, en tant qu'épouse légitime Nial, ses épaules carrées et son menton fièrement dressé prouvent que personne n'a intérêt à sous-estimer son partenaire. Je ressens sa peur, son inquiétude, mais personne ne s'en aperçoit. Si je ne l'aimais pas déjà, je serais tombé amoureux d'elle sur le champ.

Je quitte ma belle partenaire des yeux à contre-cœur et passe la foule en revue, à l'affut de dangers. Je n'ai pas le temps de regarder Nial combattre. Il va devoir gagner cette bataille seul, afin d'instaurer les règles du duel. Mon rôle consiste à veiller sur Jessica, dans cet océan de dangers potentiels.

Un seul guerrier en lice survivra, Jessica a besoin que ce soit Nial.

Une cloche retentit et l'adversaire charge Nial, il essaie de le faire tomber. Nial esquive facilement, passe ses bras autour du cou de l'homme et effectue un mouvement de torsion brutal et impitoyable.

Le bruit de la nuque brisée emplit l'arène.

C'est terminé, comme je m'y attendais. Ce n'est pas un combat. Ni un *duel*. C'est une mise à mort, Nial lui a simplement brisé la nuque. Il n'y a aucun autre adversaire, aucun rival dans la foule. Je pourrais me mesurer à lui mais je n'ai pas envie de le défier.

La foule exulte en cris d'encouragement ou de désaveu, selon son camp. Le silence se fait une fois encore, Nial lâche son adversaire mort sur le sable et lève les bras au-dessus de sa tête.

« D'autres volontaires pour mourir aujourd'hui ? »

Personne ne se propose, la foule se calme immédiatement mais les membres du conseil suprême se lèvent, sept vieilles créatures voutées, visiblement furieuses. Leur porte-parole pose ses mains sur ses hanches et harangue Nial.

« Tu ne peux pas être Prime, malgré ta victoire. Tu es contaminé. »

Nial avance. « Qu'est-ce que ça veut dire, exactement ? » Il montre son visage. « Je porte les cicatrices d'un guerrier. Les implants de la Ruche sont la preuve que j'ai combattu l'ennemi et survécu. Je suis là devant vous, *contaminé*, comme vous dites, et j'ai vaincu le seul adversaire de toute l'arène. Je l'ai terrassé à la force du poignet et vous osez me traiter de fils indigne ? Vous souhaitez m'affronter, conseiller ? Si c'est le cas, j'accepte. »

Le vieil homme bafouille mais son regard est haineux au possible. « Tu n'en es pas digne, Nial.

– Parce que je suis un vétéran ? » Nial utilise ce mot terrien intentionnellement et je sens que Jessica est bouffie d'orgueil. « Parce que j'ai protégé le peuple Prillon en tant que guerrier et désormais en tant que chef ? »

Nial lève les mains et s'adresse à la foule. « Peuple de Prillon, me trouvez-vous faible ou contaminé ? Je connais l'ennemi. Je lui ai survécu. J'ai survécu à mon combat contre la Ruche. Je vis désormais avec l'expérience et le savoir nécessaires pour protéger cette planète. Pour la mener à sa victoire ultime. »

Le vieil homme bafouille, il n'a visiblement rien à objecter, se rassoie dans son fauteuil tandis que des vivats s'élèvent de la foule. Certains manifestent leur mécontentement mais la foule est en liesse, satisfaite que Nial ait prouvé sa force et sa capacité de commandement. Avec sa magnifique épouse terrienne. Les guerriers ayant le droit se de marier sont bien vus. Ceux assez chanceux pour être acceptés par la partenaire qui leur a été attribuée, considérés comme méritants par leurs femmes, et bien plus encore. Jessica, avec son attitude fière, n'ayant d'yeux que pour son partenaire, fait clairement comprendre qu'elle accepte non seulement Nial pour partenaire, mais qu'elle veillera également sur lui.

Jessica lâche ma main et avant que je puisse l'arrêter, descend les escaliers et franchit la porte menant jusqu'à l'arène. Je saute le petit muret, atterris dans le sable doux et lui emboîte le pas afin de m'assurer que personne ne lui fasse de mal. Nial la protégera, moi aussi.

Elle court se jeter dans les bras de Nial tandis que la foule exulte, sa robe ressemble à de la lave en fusion. Je les regarde tous en souriant. C'est ma partenaire, ma famille et ils sont sains et saufs. Je tuerai quiconque en décidera autrement.

Tout se passe bien jusqu'à ce que deux hommes emportent le cadavre et que Nial reste seul au milieu de l'arène, le chant commence alors.

« L'accouplement ! L'accouplement ! L'accouplement ! »

La foule n'a pas l'air de vouloir partir et la dévotion de Jessica envers Nial nous fait du tort tandis qu'elle se colle contre lui, afin que tout le monde nous voit.

Il y a deux cents ans de ça, lorsque le premier chef Deston a combattu et gagné son droit au trône, lui et son second ont baisé la reine à même le sol de l'arène, afin que tout le monde assiste à l'accouplement.

La tradition exige que Nial et moi nous accouplions avec Jessica ici et maintenant, devant le monde entier, les absents y assisteraient de chez eux, ou sur les écrans de contrôle à bord des cuirassés au fin fond de l'espace, le duel est retransmis en direct sur toute la planète ainsi qu'à tous les escadrons de combat dans l'espace.

Nial vient de tuer un homme devant des milliards de personnes, le peuple attend maintenant le bouquet final.

14

J essica

JE ME JETTE dans les bras de Nial et il m'embrasse. J'entends la foulée exulter devant cette marque d'affection. Je sens toute son adrénaline, toute sa puissance circuler via le collier et son baiser.

Il me repose par terre et écarte les cheveux de mon visage. « Tu as eu peur pour moi, partenaire ? »

Je secoue la tête et regarde son œil doré et celui argenté. « À aucun moment.

– C'est bien, » répond-il.

Je sens Ander derrière moi, mes hommes m'entourent. Je ne m'inquiète pas pour la foule, je sais qu'ils me défendront si nécessaire. Je suis saine et sauve. Nial également. Nous sommes ensemble. Enfin, pas tout à fait …

L'accouplement. L'accouplement. L'accouplement. Le chant emplit l'air et je reconnais le regard bien particulier de Nial. Envie. Amour. Désir. Tout y est.

« Possédez-moi. » Ce n'est pas une question.

Ander glisse mes cheveux derrière mon épaule, m'embrasse dans le cou au niveau du collier tandis que Nial parle.

« Nous sommes connectés grâce au collier, mais le lien est incomplet. Nous devons te baiser. Ensemble. » Le désir se lit sur le visage de Nial, je le sens grâce au collier mais je sens aussi le sérieux de leur demande.

« Tout de suite ?

— Oui, partenaire. Tout de suite, dans cette arène. Devant le monde entier. »

Putain de merde. Je me retourne dans ses bras et examine les visages dans la foule. Ils ne nous regardent pas avec joie ou malice, mais avec un sérieux qui me fait défaillir. « Pourquoi ? »

La voix d'Ander s'élève derrière moi. « Lors d'une cérémonie d'accouplement normale, le premier partenaire choisit des témoins parmi ses frères les plus proches pour assister à l'acte et prêter allégeance et protection à son épouse. »

Je me mords la lèvre, je me rappelle le chant que j'ai entendu pendant la simulation au centre de recrutement. Les voix masculines qui m'entouraient et leur chœur entonner 'Que les Dieux nous soient témoins et vous protègent'.

Nial pose sa main sur ma joue et soutient mon regard alors que je n'ai qu'une seule envie, partir. « Je suis désormais le Prime. Le roi de ce monde. La planète entière honore et respecte notre famille par-dessus tout.

Être témoins de ton accouplement est un honneur pour eux, ils font serment de te servir et de te protéger.

— Oh, mon Dieu. » Je m'appuie contre lui et essaie de me rappeler de respirer. On baise pas pour le plaisir. C'est un acte sacré, qui me lie définitivement avec Nial et Ander, devant des milliards de témoins.

Voilà ce que ça implique d'être reine sur Prillon. Je repense à l'idée que je me faisais d'une princesse, avec des belles robes et des talons aiguilles, danser au bal avec un prince séduisant. Ça n'a rien d'un conte. Il n'y a que moi et mes partenaires, point barre, et on va baiser par terre devant la planète entière.

J'imagine la tête des gens qui vont nous voir baiser, je les imagine se précipiter chez eux pour satisfaire leurs envies. J'imagine les femmes fermer les yeux de plaisir en entendant mes hurlements, et les hommes, les guerriers dans la foule, admirer mon corps et mes seins, envieux de mes partenaires qui me possèdent. Mon cœur accélère et je mouille.

J'étais peut-être destinée à être la reine de Prillon après tout.

Dès que Nial et Ander m'auront possédée, lorsque mon collier aura changé de couleur pour devenir rouge foncé, la couleur royale, la question ne se posera plus, il n'y aura plus de doute possible, nous formerons la famille royale, Nial et Ander m'appartiendront. Je leur appartiendrai.

Ça ne sera possible que lorsqu'ils m'auront baisée en même temps. Une vague de désir me submerge en songeant à la chose.

« L'idée lui plaît, murmure Ander dans mon cou.

— Jessica, il s'agit d'un accouplement en public. Ça doit

se passer ici, devant tout le monde. Il n'y a aucune intimité, je suis le nouveau chef et la cérémonie d'accouplement ne doit pas être remise en question. Tous les citoyens de Prillon sont en droit d'y assister. Ils doivent s'assurer que nous en valons tous les trois la peine. Que nous sommes capables de diriger la planète. » Les paroles de Nial sont claires. Il veut que je prenne conscience de ce que son peuple, notre peuple, veut.

« Ce n'est pas gravé dans le marbre, ajoute Ander, il me lèche le cou. Nial peut refuser si tu n'en as pas envie.

– Mais ? dis-je, sachant qu'il y a forcément un mais.

– Mais le peuple le jugera trop gentil et lâche, trop faible pour dominer son épouse. »

Je secoue la tête. Ces hommes ont tant fait pour moi que j'ai envie de leur rendre la pareille. Je suis celle qui les lie entre eux. Je suis celle qui les rend forts. Qui nous rend forts. Je dois les baiser en public—en présence d'un très large public même—mais peu importe. Je ne vais pas affaiblir le pouvoir de Nial en me refusant à lui.

Qu'ils me regardent. Qu'ils m'envient. Je me donne à Nial et à Ander. À personne d'autre. Je suis fière de mes hommes. Fière que le peuple Prillon sache que je suis l'élue, celle qu'ils désirent, celle pour laquelle ils bandent. Leur appartenir est un privilège et j'ai envie de le prouver à toute la galaxie.

« Je comprends. Je ferai selon ton désir. »

Ander se retourne, ils me font face tous les deux. Je regarde mes hommes. Un brun, l'autre blond. L'un est un chef puissant, l'autre un valeureux commandant. Je leur obéirai à tous les deux car mon corps l'exige. Mon esprit l'exige.

Je leur appartiens. Je le sais. L'heure est venue.

« Tu en es certaine, partenaire ? »

Je leur souris, j'accepte, ils ressentent ma satisfaction et la paix qui m'envahit une fois ma décision prise, grâce au collier. « Le lien sera définitif quand vous me baiserez ensemble ? »

Nial hoche la tête. « Ton collier deviendra rouge et notre mariage sera effectif.

« Tu le veux vraiment ? Tu veux qu'on te baise ensemble ? Maintenant ? Devant tout le monde ?

– Oui, Dieux. » Ander frémit lorsqu'il baisse son menton pour me regarder. Je regarde Nial à mon tour.

« Je n'ai aucun doute quant à notre compatibilité, et toi ?

– Aucun, jure Nial. C'est pour le peuple Prillon, tu seras leur reine.

– Alors je donnerai à mon peuple ce qu'il attend et à mes hommes ce qu'ils demandent. »

Je sens leur désir pulser et je prends leurs mains. Chaudes et fortes. Puissantes.

« Tu n'auras pas de rôle dominateur, dit Ander. Tu devras nous obéir. »

Je sens mes tétons durcir.

Nial saisit mon menton. « Tu es une guerrière courageuse, tu dois montrer que tu nous as choisis, que nous sommes à la hauteur. Tu prouves notre valeur en te soumettant de ton plein gré à tes partenaires. »

Ander sourit. « Ça ne devrait pas nous poser de problème. »

Je secoue lentement la tête. « Non, j'aime m'en remettre à vous. J'aime me laisser guider, qu'on s'occupe de moi... au lit. »

Je gémis en sentant la chaleur de leur désir envahir les

colliers. C'est vraiment pas juste. Ils jouent avec mes émotions, mes envies. Les besoins et les envies de mes valeureux guerriers me submergent.

« Il n'y a pas de lit ici, Jessica, mais nous serons tes maîtres. »

Nial retire sa cuirasse, dévoilant son torse massif et ses épaules imposantes à la foule, à moi, la foule pousse un rugissement en comprenant ce qui va se passer.

« Dis-le, Jessica.

– Vous êtes mes maîtres.

– C'est exact, » rétorque Nial. Il pose ses mains sur le devant de la robe et tire dessus avec la force d'un guerrier. Le tissu vaporeux se déchire et tombe à mes pieds.

Les vivats deviennent assourdissants, c'est une explosion de sons qui me frappe en pleine poitrine. Je suis nue dans une arène comble. Je me fige, ne sachant pas si je dois me couvrir, m'en aller ou parader tel un paon. Que suis-je censée faire maintenant ?

« Regarde-moi, » ordonne Ander et je pousse un soupir de soulagement. Je lève la tête et croise son regard dur mais néanmoins amoureux. « Tu vas nous écouter, tu vas ressentir nos besoins grâce au collier, tu feras ce qu'on te dira et tu seras comblée. C'est tout ce qui compte. Tu as compris, partenaire ?

– Oui maître. »

Nial sort de mon champ de vision mais je ne quitte pas Ander des yeux.

« Qu'est-ce qu'on va te faire ? » demande-t-il.

Je me lèche les lèvres. « Nial va me pénétrer par devant et tu vas me sodomiser. »

Personne n'entend ce que nous disons dans l'arène

mais je rougis, je serre les cuisses d'excitation en prononçant ces mots cochons.

Ander approche et pose ses mains immenses sur mes épaules. « C'est exact. Tu seras entre nous deux, partenaire. Tu vas nous relier. Nous lier tous les trois. Tu dois penser qu'on veut avoir le dessus mais en réalité, le pouvoir est entre tes mains.

– Le pouvoir ? » De quoi il parle ? Je n'ai aucun pouvoir ici.

« Sans toi, Nial et moi serions des hommes ordinaires. Des guerriers certes, mais rien de plus. Tu fais de nous une famille. Tu vas nous donner des enfants. Tu nous rends forts.

– Mais je me soumets, rétorquais-je.

– Par choix. Ta soumission est un cadeau sacré. »

Ander jette un œil par-dessus mon épaule. « C'est l'heure. »

Avant même que je puisse répondre, il me prend dans ses bras et m'emmène vers Nial.

Nial caresse ma joue. « Tu n'as qu'un mot à dire pour qu'on fasse ça en privé. »

Je repense aux paroles d'Ander. Je détiens le pouvoir. Nial vient de le prouver. J'ai le dernier mot. Je pourrais lui dire que j'ai peur ou que j'ai honte, ils me feraient quitter les lieux sans poser de questions. Ils ont combattu les dissidents pour me plaire. Ils ont tant fait pour moi.

Je leur dois bien ça. Là n'est pas la question, le peuple me voit nue, seuls Nial et Ander voient en moi, connaissent mes pensées, mes craintes et mes désirs. Mon amour pour mes partenaires m'envahit, mon envie de leur plaire, de les rendre fiers, de les honorer devant leur peuple. Je regarde Nial droit dans les yeux et parle d'une voix plus posée que jamais.

« Vous ressentez la vérité via mon collier. Il parle de lui-même. Dites-moi maîtres, que dit-il ? »

J'éprouve une fierté sans nom, le triomphe et un désir torride grâce à la connexion.

Nial pose ses mains sur ma taille. « Il dit qu'il est temps que tu t'accouples avec tes partenaires. Pour toujours.

– Pour toujours, répétais-je.

– Pour toujours, » jure Ander.

Après le duel, un fauteuil a été déposé dans l'arène. Un trône posé à même le sable. Il n'est pas doré et tarabiscoté mais il est évident qu'il s'agit du fauteuil d'un chef. Il a un grand dossier, ses accoudoirs sont capitonnés mais il ne porte aucune riche décoration. C'est le fauteuil d'un guerrier et non pas un trône rehaussé d'or ou de joyaux.

Nial prend place sur le trône, le chef du peuple reprend la place qui lui échoit de droit et la foule clame son approbation. Il m'invite à venir d'un simple geste et je le rejoins la tête haute, les épaules rejetées en arrière. Je n'essaie pas de cacher mon corps. Je n'éprouve aucune honte. Je ne me suis jamais sentie aussi belle, les encouragements se poursuivent, les gens m'exhortent à me dépêcher, impatients de voir mes partenaires me baiser. Mon vagin est douloureux à l'idée de ce qui m'attend et je sens l'excitation des hommes monter. La grosse bite bien dure de Nial m'attend. Je la vois faire une bosse dans son pantalon.

Un pas, deux pas, je suis devant lui. Il enlace ma taille et m'attire entre ses jambes écartées.

« Tu es prête à m'accueillir ? » Je sens sa chaleur, son amour. L'envie.

– Et si tu vérifiais par toi-même ? » demandais-je sagement.

Nial sourit, il pose sa main entre mes seins et descend jusqu'à mon sexe, ses doigts s'insinuent entre ma vulve gonflée, mes replis trempés.

Ander se place derrière moi et prend mes seins en coupe.

« J'ai la main trempée, » dit Nial.

Je ferme les yeux tandis qu'ils me touchent et me caressent doucement. J'entends la foule, sa ferveur diminue, se mue en bruit blanc—mais je ne m'en soucie pas.

« On est tous les trois, Jessica. Le reste on s'en fiche, » énonce Nial, en enfonçant son doigt plus profondément dans mon intimité moite.

« Oui, » ma réponse ne fait pas écho à ce qu'il vient d'énoncer mais à son doigt curieux.

« On va te baiser ici devant tout le monde, se lier pour l'éternité, » dit Ander, ses doigts tirent mes tétons. Et puis on t'emmènera ailleurs, on t'attachera et on te baisera encore.

– Et encore, ajoute Nial. Ce n'est qu'une des nombreuses fois où on va te posséder aujourd'hui. »

Nial retire son doigt de mon vagin et je me sens vide. Je pousse un gémissement lorsque Nial défait son pantalon et libère son sexe. Une goutte de sperme perle au bout de son gland, je me baisse pour la lécher.

La foule pousse un rugissement plus puissant, je triomphe en sentant la surprise et le désir de Nial grâce au collier. Ander me relève et je croise le regard de Nial. Il crie sa question suivante, assez fort pour que tout le monde entende.

« Acceptes-tu que je te baise, partenaire ? Te donnes-tu à moi et à mon second librement, ou souhaites-tu choisir un autre partenaire principal ? »

Des murmures empressés s'élèvent et je ressens une légère appréhension chez mes hommes dans l'attente de ma réponse. J'élève la voix afin que tous puissent m'entendre. « Je suis fière de t'accepter en tant que partenaire, Nial. Je suis fière d'accepter Ander en tant que second. »

Nial parle d'une voix extrêmement forte. « Je m'unis à toi selon le rite du nom. Tu m'appartiens et je tuerai tout guerrier qui osera lever la main sur toi. »

La foule exulte en vivats et Nial se penche afin que je puisse l'entendre en dépit du tumulte. « Chevauche-moi et enfonce-toi à fond. C'est toi qui commande, partenaire. »

C'est moi qui décide, cette position me donne l'avantage. C'est moi qui commande, parce qu'ils me le permettent. Le pouvoir me donne le vertige, mes partenaires meurent d'envie de moi, ils me désirent. J'ai envie qu'ils se lâchent, qu'ils soient ivres de plaisir et me supplient de les faire jouir. J'ai envie qu'ils soient sauvages et se laissent aller complètement.

Je chevauche les hanches de Nial et m'installe sur ses cuisses. Il tient son sexe en érection bien droit, je descends tout doucement afin que son gland effleure ma vulve. Nos regards se croisent.

Ça y est. C'est moi qui décide, c'est comme je veux. Je veux qu'il ondule des hanches et gémisse. Je veux qu'il se donne à moi, je m'empale d'un mouvement ample et fluide.

Je rejette la tête en arrière et pousse un gémissement alors que son sexe m'écartèle, la sensation de plénitude n'est que les prémices de ce qui m'attend. Nial attrape mes hanches et s'enfonce profondément en moi. Il n'est qu'à mi-chemin, sa queue est si grosse que j'ai l'impression qu'il est déjà au bout. Tout en ondulant des hanches, Nial se pousse au fond du fauteuil, je me soulève l'espace d'un instant, le cul dehors.

Ander est juste derrière moi. Il caresse mes fesses et se penche, pose sa main sur l'accoudoir.

« Tu vas sentir mes doigts dans ton petit cul tout étroit, » annonce Ander. Je sursaute mais j'en ai envie. Je me souviens de la sensation lorsque Nial m'a sodomisée avec le plug anal. C'était si intense que j'ai trop envie de le ressentir à nouveau. Mais cette fois, je sais que ce sera bien plus intense. La bite d'Ander est énorme, dure et chaude. J'ai envie qu'il me sodomise, j'ai envie qu'il malaxe mes seins tandis qu'ils me baisent tous les deux. J'ai envie que Nial pénètre mon vagin avec cet air d'extase sur son visage, j'ai envie de me plaquer contre son torse, de l'embrasser. J'ai envie de sentir sa langue dans ma bouche tandis qu'ils me baisent, que je frétille, hurle et jouisse jusqu'à perdre la notion du temps. Je gémis, je m'abandonne.

« Chhut, susurre Ander. J'ai du lubrifiant sur les doigts. Tu vas voir, c'est tout glissant. Je vais te doigter, dedans, dehors, ma bite va rentrer comme dans du beurre. »

Il commence à titiller et dilater mon orifice, il prend tout son temps pour introduire son doigt. Je ne quitte pas

Nial des yeux tandis qu'Ander me besogne. À un certain moment, Nial se fige, content de sentir sa bite en moi. Je sens son désir de me baiser, se retirer et me pénétrer profondément, mais il va devoir attendre qu'ils me prennent ensemble.

J'ai le souffle coupé lorsqu'Ander doigte mon anus. Il introduit alors le lubrifiant, tout doucement. J'ignore combien de temps ça va prendre mais il m'en enduit généreusement, son doigt glisse sans effort ni entrave. Les parois de mon vagin se contractent sur la bite de Nial et j'ondule des hanches, prête à accueillir Ander. J'ai envie de le sentir en moi. J'ai besoin de mes deux partenaires. J'ai besoin de me sentir possédée, pénétrée, soumise. Je veux que tout le monde sur cette foutue planète sache que ces deux hommes sont les miens. Ils m'appartiennent. Je suis la seule femme dans tout l'univers capable de le leur offrir. *Ils m'appartiennent.*

Les colliers permettent à Ander de ressentir ce que j'éprouve, il s'adapte à moi à la perfection. Soudain, il se retire, je regarde derrière moi, il sort sa bite de son pantalon et l'enduit de lubrifiant. Son sexe en érection est tout rouge, palpitant, luisant, glissant.

Nial attrape mon menton pour que je le regarde.

« Lorsqu'Ander pénétrera ton anus vierge, on te baisera. »

J'écarquille les yeux lorsque la bite d'Ander se pointe devant mon anus et qu'il commence à me pénétrer. Je ferme les yeux tandis qu'il me balance des mots crus, ça m'excite.

« Respire, Jessica. Pense combien ça va être bon. Tu vois comme Nial a envie de toi ? Il se retient. Ta chatte étroite et brûlante lui fait mal. Tu es parfaite, le fait d'être dans ta chatte va le faire jouir. » Ander parle tout en s'enfonçant plus profondément. « J'ai envie de toi, ma bite a hâte de te pénétrer. Détends-toi, respire, sens comme on a envie de toi. »

Je soupire et me concentre sur la puissance du collier, la connexion que je partage avec mes partenaires. Leur plaisir me submerge. Je pousse un soupir d'extase lorsque soudainement, Ander franchit mon orifice étroit et me pénètre.

Je pousse un cri, ouvre les yeux et regarde Nial.

« Ça y est. C'est bien. Tu es tout étroite. » Nial se tourne et me rassure, Ander est apparemment si bouleversé par sa lente pénétration, sa bite épaisse qui me sodomise, qu'il peut à peine parler.

Je me cambre afin qu'il puisse me pénétrer plus avant. Je ne ressens aucune douleur, seulement la sensation incroyable d'être remplie. Je ne sais pas s'ils vont réussir à rentrer tous les deux mais j'ai trop envie. J'ai besoin de les sentir tous les deux en moi. Ander agrippe les accoudoirs du fauteuil à s'en faire blanchir les jointures. Il se cramponne, me pénètre de plus en plus profondément. Nial pose ses mains sur mes hanches, je ne bouge pas, littéralement piégée entre eux.

Leur peau me brûle ; une odeur musquée de sexe se dégage et nous environne.

Je sens les cuisses d'Ander contre mes fesses, il me l'a mise en entier.

« Maintenant tu m'appartiens, Jessica Smith, » murmure Nial à mon oreille. Il me soulève et m'empale sur son sexe, tandis qu'Ander recule, et me pénètre profondément.

Ils commencent à me baiser, ils effectuent des va-et-vient, alternant leurs mouvements. Je ne peux pas bouger, je pose mes mains sur les épaules contractées de Nial.

Je ne fais rien, je les laisse me baiser, ils me prennent par tous les orifices à leur guise. Ils savent que j'en ai besoin.

Mais ça ne me suffit pas. Je veux faire à ma guise. J'ai envie d'eux.

J'attrape les mains d'Ander derrière moi. Je tiens ses poignets, je les pose sur mes seins, mes intentions sont claires. Il glousse mais accède à ma demande.

Puis, j'enfonce mes mains dans les cheveux de Nial et attire son visage vers moi en un baiser langoureux. Je me fige, je titille sa langue, lui demandant sans mot dire de m'embrasser, de baiser ma bouche.

Je me retrouve sans pouvoir bouger, ni respirer, ils me pénètrent et me possèdent par tous les trous, mes partenaires m'entremettent, je m'abandonne enfin, je leur fais confiance pour combler mes désirs. Je leur fais confiance pour s'occuper de moi.

Ils ne me font pas mal mais ne sont pas tendres pour autant. Ce n'est pas douloureux mais intense. Ce n'est ni doux ni tendre, c'est chaud, torride, de la vraie baise.

Et j'adore ça. Je vais jouir et rien ne m'arrêtera. Je me raidis, les muscles de mon vagin et de mon anus se contractent sur mes partenaires, des bruits gutturaux s'échappent du fin fond de leurs gorges. « Maîtres, je ... je peux plus—

– Jouis, partenaire. Jouis à fond afin que tous sachent que tu nous appartiens. »

J'avais oublié la foule mais les paroles de Nial me mènent au bord du gouffre. Je hurle mon plaisir tandis que je me contracte sur leurs sexes. Tout le monde me voit jouir. Ils voient ô combien mes hommes me comblent. Mes partenaires me comblent et m'aiment, je me sens en sécurité dans leurs bras. Ils me brisent et me remplissent à la fois.

Ma tête retombe sur mes épaules, un immense sourire émaille mon visage tandis que je plaque mes hanches de toutes mes forces et contracte mes muscles au possible. Le collier autour de mon cou a vibré, il devient chaud. Je me demande s'il a changé de couleur, est-il rouge comme celui de mes partenaires ? Ils sont à moi pour toujours et ils me comblent. Je suis fière que toute la planète en soit témoin.

La chaleur m'envahit, j'ai de plus en plus chaud tandis que je sens les coups de boutoir d'Ander qui éjacule, je sens son sperme dans mon anus. Nial rugit et bande dans mon vagin. Il s'agrippe à mes hanches, je le sens venir, son sperme gicle en moi. Je suis comblée, pleine à ras bord de leur appartenance, de leur accouplement. Ils m'ont bel et bien possédée.

Je sens leur apaisement via le collier, je ressens leur plaisir et je jouis à nouveau. Le collier est tout chaud autour de mon cou, l'intensité des sentiments qui en découle me fait monter les larmes aux yeux, c'est trop d'émotions pour mon corps d'humaine.

Je ferme les yeux et m'écroule dans leurs bras. Je n'entends que les respirations lourdes de mes hommes. Je sens leurs bites en moi, leur sperme chaud, les épaules de Nial. Je sens l'odeur de notre acte charnel.

J'ouvre doucement les yeux et vois le sourire suffisant de Nial et, plus bas, son collier rouge. Je lève les mains pour toucher le mien, je sais qu'il est rouge.

« J'ai envie de rester là, » murmure Ander, en

m'embrassant dans le cou. « Avec ma bite enfoncée dans ton cul. »

Ma chatte se contracte de plaisir et Ander rigole.

« Je sais que tu en as envie grâce au lien qui nous unit. Vilaine coquine. »

Je tourne la tête pour voir Ander. Il est satisfait, détendu et ... comblé.

« Tu veux rester bien au chaud dans mon cul, partenaire ? » je contracte mes muscles et il émet un sifflement.

« Dieux, oui. Il me paraît extrêmement difficile de marcher derrière toi en restant enfoncé jusqu'à la garde, on pourrait peut-être poursuivre dans un lieu un peu plus intime.

– Les chambres du Prime. Nos chambres, » suggère Nial.

Ander se retire doucement tandis que Nial me soulève. Les jambes tremblantes, je me tiens aux côtés d'Ander tandis que la foule exulte. Nial lève sa main et le silence se fait, tous regardent.

« Je suis Nial Deston, votre Prime. Voici mon second, Ander et notre partenaire, Dame Jessica. »

La foule se lève et crie à l'unisson. « Que les dieux en soient témoins et vous protègent. »

Leur bénédiction me donne le frisson, tous les regards dans la foule sont empreints de sérieux. Je lève la main vers ma gorge, j'ai envie de voir par moi-même que nos colliers sont bien tous du même rouge. Le sperme de mes partenaires coule le long de mes cuisses mais je reste bien droite. Une reine. Je sais que je ne me sentirais pas aussi puissante et invincible sans la présence de mes partenaires. Je les *sens*. Leur bonheur, leur satisfaction, leur amour.

J'écarquille les yeux en percevant ce sentiment. « Vous m'aimez ?

– Oui, partenaire. Je t'aime, répond Ander.

– Le terme 'amour' est faible pour exprimer ce que je ressens. » Nial s'incline face à la foule, il prend acte de leur bénédiction tandis que je cherche mes mots.

– Mais—

– Le collier ne ment pas, partenaire, et nous non plus, » affirme Nial.

Je sais qu'ils disent vrai, je le sens dans ses yeux, dans sa main qui tient la mienne, dans le nouveau lien qui nous unit.

Ander me prend dans ses bras comme si j'étais légère comme une plume et m'emmène hors de l'arène, Nial marche en tête. La Terrienne que j'étais jadis aurait été gênée que toute la planète me voit en train de baiser avec mes partenaires, mais qu'en est-il de la nouvelle Jessica, la forte femme encadrée par deux guerriers qui l'aiment ? Elle n'en a rien à carrer.

Ils n'ont qu'à regarder combien mes partenaires sont sexy et bien montés. Ils n'ont qu'à entendre mes hurlements de plaisir et de désir.

Je m'abandonne contre la poitrine d'Ander et laisse leur amour m'envahir, via le collier. Demain, j'aurais tout le temps de voir ce que ça fait d'être reine. Je découvrirai mon nouveau monde et apprendrai comment servir et honorer ce peuple de fiers guerriers. Pour le moment, je nage dans le bonheur. Je n'ai jamais été aussi comblée, aussi heureuse de toute ma vie. « Merci. »

Nial me regarde mais Ander s'adresse à moi. « Merci

de quoi ? Si tu parles de la baise, crois-moi, c'était un plaisir. »

Je souris tandis que les larmes me montent aux yeux. Ça me manquait. Ma vie aurait été totalement différente sans eux. « Merci d'être venus sur Terre. De m'avoir sauvée. De m'avoir emmenée avec vous et de m'appartenir.

– Nous t'appartenons, Jessica. Et on te le prouvera chaque jour de notre vie. » Nial essuie les larmes qui coulent sur mes joues.

« Encore … et encore … et encore. » Ander aurait poursuivi mais je pose mes doigts sur ses lèvres pour lui intimer le silence. Je peux aisément imaginer à quoi ils pensent, mais je ressens ce doux besoin de m'abandonner, d'être ce qu'ils voudront que je sois. Je n'ai qu'un mot à dire.

« Oui. »

Les vivats et les applaudissements du peuple Prillon se calment tandis que mes partenaires m'emmènent, notre nouvelle vie ensemble débute.

Lisez Accouplée à la bête ensuite!

Une guerre impitoyable fait rage, les extraterrestres menacent la Coalition Interstellaire. Sarah Mills vient de perdre deux frères au combat, elle s'engage en tant que volontaire pour sauver son dernier frère encore en vie. Recrutée par erreur en tant qu'épouse, et non en tant que soldat, elle s'oppose farouchement à cette union. Mais son partenaire ne l'entend pas de cette oreille…

Prise par ses partenaires

Dax est un seigneur de guerre Atlan et, comme tous les hommes de son espèce, une bête avide de sexe sommeille en lui, prête à bondir dans la folie de la bataille ou de l'accouplement. Lorsqu'il apprend que son épouse préfère combattre sur le front que partager sa couche, il part à sa recherche, afin d'assouvir les désirs de la bête.

Sarah est hors d'elle : une brute épaisse s'avérant être son partenaire se pointe au beau milieu de la bataille, sa colère se mue en fureur ; l'arrivée de Dax interrompt sa mission et conduit à la capture de son frère. Le Commandant refuse de la laisser partir en mission de sauvetage. Le seul espoir qui s'offre à Sarah pour sauver la seule famille qui lui reste est d'accepter l'offre de Dax et de se donner à lui.

Tout excité d'avoir enfin rencontré son imprévisible épouse, Dax ne va pas tarder à découvrir que Sarah n'a rien à voir avec les femmes douces et soumises de sa planète. S'il veut la conquérir, il faudra qu'il l'apprivoise, en lui donnant la fessée si nécessaire. Mais Dax n'a pas seulement envie de Sarah, il a besoin d'elle. Comblera-t-elle la bête féroce qui sommeille en lui avant qu'il ne perde totalement son sang-froid ?

Lisez Accouplée à la bête ensuite!

OUVRAGES DE GRACE GOODWIN

Programme des Épouses Interstellaires

Domptée par Ses Partenaires

Son Partenaire Particulier

Possédée par ses partenaires

Accouplée aux guerriers

Prise par ses partenaires

Accouplée à la bête

Accouplée aux Vikens

Apprivoisée par la Bête

L'Enfant Secret de son Partenaire

La Fièvre d'Accouplement

Ses partenaires Viken

Combattre pour leur partenaire

Ses Partenaires de Rogue

Programme des Épouses Interstellaires: La Colonie

Soumise aux Cyborgs

Accouplée aux Cyborgs

Séduction Cyborg

Sa Bête Cyborg

Fièvre Cyborg

Cyborg Rebelle

ALSO BY GRACE GOODWIN

Interstellar Brides® Program

Assigned a Mate

Mated to the Warriors

Claimed by Her Mates

Taken by Her Mates

Mated to the Beast

Mastered by Her Mates

Tamed by the Beast

Mated to the Vikens

Her Mate's Secret Baby

Mating Fever

Her Viken Mates

Fighting For Their Mate

Her Rogue Mates

Claimed By The Vikens

The Commanders' Mate

Matched and Mated

Hunted

Viken Command

The Rebel and the Rogue

Interstellar Brides® Program: The Colony

Surrender to the Cyborgs

Mated to the Cyborgs

Cyborg Seduction

Her Cyborg Beast

Cyborg Fever

Rogue Cyborg

Cyborg's Secret Baby

Her Cyborg Warriors

Interstellar Brides® Program: The Virgins

The Alien's Mate

His Virgin Mate

Claiming His Virgin

His Virgin Bride

His Virgin Princess

Interstellar Brides® Program: Ascension Saga

Ascension Saga, book 1

Ascension Saga, book 2

Ascension Saga, book 3

Trinity: Ascension Saga - Volume 1

Ascension Saga, book 4

Ascension Saga, book 5

Ascension Saga, book 6

Faith: Ascension Saga - Volume 2

Ascension Saga, book 7

Ascension Saga, book 8

Ascension Saga, book 9

Destiny: Ascension Saga - Volume 3

Other Books

Their Conquered Bride

Wild Wolf Claiming: A Howl's Romance

CONTACTER GRACE GOODWIN

Vous pouvez contacter Grace Goodwin via son site internet, sa page Facebook, son compte Twitter, et son profil Goodreads via les liens suivants :

Abonnez-vous à ma liste de lecteurs VIP français ici :
bit.ly/GraceGoodwinFrance

Web :
https://gracegoodwin.com

Facebook :
https://www.visagebook.com/profile.php?id=100011365683986

Twitter :
https://twitter.com/luvgracegoodwin

Goodreads :
https://www.goodreads.com/author/show/15037285.Grace_Goodwin

Vous souhaitez rejoindre mon Équipe de Science-Fiction pas si secrète que ça ? Des extraits, des premières de couverture et un aperçu du contenu en avant-première.

Rejoignez le groupe Facebook et partagez des photos et des infos sympas (en anglais). INSCRIVEZ-VOUS ici :
http://bit.ly/SciFiSquad

À PROPOS DE GRACE

Grace Goodwin est journaliste à USA Today, mais c'est aussi une auteure de science-fiction et de romance paranormale reconnue mondialement, avec plus d'un MILLION de livres vendus. Les livres de Grace sont disponibles dans le monde entier dans de nombreuses langues en ebook, en livre relié ou encore sur les applications de lecture. Ce sont deux meilleures amies, l'une qui utilise la partie gauche de son cerveau et l'autre qui utilise la partie droite, qui constituent le duo d'écriture récompensé qu'est Grace Goodwin. Toutes les deux mamans, elles adorent faire des escape games, lire énormément, et défendre vaillamment leurs boissons chaudes préférées. (Apparemment, elles se disputent tous les jours pour savoir ce qui est le meilleur : le thé ou le café?) Grace adore recevoir des commentaires de ses lecteurs.

www.ingramcontent.com/pod-product-compliance
Lightning Source LLC
LaVergne TN
LVHW011820060526
838200LV00053B/3843